Autor _ STRINDBERG
Título _ GENTE DE HEMSÖ

Copyright _	Hedra 2010
Tradução© _	Carlos Rabelo e Leon Rabelo
Título original _	*Hemsöborna*
Edições consultadas _	*Samlade Skrifter av August Strindberg.* Stockholm: Albert Bonniers Förlag, 1914. Band 21 (Hemsöborna. Skärkarlsliv); *Hemsöborna.* Stockholm: Legenda, 1986.
Corpo editorial _	Adriano Scatolin, Alexandre B. de Souza, Bruno Costa, Caio Gagliardi, Fábio Mantegari, Iuri Pereira, Jorge Sallum, Oliver Tolle, Ricardo Musse, Ricardo Valle
Dados _	

Dados Internacionais de Catalogação na Publicação (C

S912 Strindberg (1849 – 1912)
    Gente de Hemsö. / Strindberg. Tradução de
    Carlos Rabelo e Leon Rabelo. Introdução de
    Leon Rabelo. – São Paulo: Hedra, 2009.
    208 p.

ISBN 978-85-7715-144-8

1. Literatura Sueca. 2. Romance Histórico.
I. Título. II. Strindberg, Johan August
(1849–1912). III. Rabelo, Carlos, Tradutor.
IVRabelo, Leon, Tradutor.

CDU 830.7
CDD 839.7

Elaborado por Wanda Lucia Schmidt CRB-8-1922

Direitos reservados em língua
portuguesa somente para o Brasil

EDITORA HEDRA LTDA.

Endereço _	R. Fradique Coutinho, 1139 (subsolo) 05416-011 São Paulo SP Brasil
Telefone/Fax _	+55 11 3097 8304
E-mail _	editora@hedra.com.br
Site _	www.hedra.com.br
_	Foi feito o depósito legal.

Autor _ Strindberg
Título _ Gente de Hemsö
Tradução _ Carlos Rabelo
e Leon Rabelo
Introdução _ Leon Rabelo
São Paulo _ 2010

hedra

Johan August Strindberg (Estocolmo, 1849–*id.*, 1912) foi escritor, dramaturgo, pintor e fotógrafo sueco. Após concluir seus estudos, dedica-se à carreira de professor, ao mesmo tempo em que estuda medicina. Mais tarde tenta lançar-se como ator, mas em 1870 vai estudar na universidade de Uppsala, onde começa a escrever. Dois anos mais tarde interrompe os estudos por razões financeiras; passa a trabalhar no jornal *Dagens Nyheter* e, a seguir, na Kungliga Bibliotek – a Biblioteca Nacional da Suécia. Em 1879, a publicação do livro *Röda Rummet* (A sala vermelha) e a encenação da peça *Mäster Olof* trazem-lhe o reconhecimento merecido. Em 1882, o aparecimento de *Det Nya Riket* (O novo reino) – obra de cunho realista, repleta de críticas às instituições sociais vigentes na época – rende-lhe tantas críticas que o autor vê-se obrigado a deixar seu país natal. Strindberg muda-se com a primeira mulher, Siri von Essen, e os filhos para Paris e então para a Suíça. No exterior, escreve uma parcela significativa de sua obra, ao mesmo tempo em que luta contra graves problemas psicológicos. Em 1897, após divorciar-se de Frida Uhl, sua segunda esposa, a condição mental de Strindberg – já delicada na época – deteriora-se ainda mais. Em um período de crise profunda, atormentado pela paranoia e por surtos psicóticos, escreve o romance *Inferno*. Após tornar à Suécia em 1897, casa-se pela terceira vez, em 1901, com a atriz Harriet Bosse, que lhe dá a filha Anne-Marie. Nesse período, as leituras e crenças pessoais de Strindberg influenciam seu estilo, que passa do realismo ao expressionismo. Rechaçado pela Academia Sueca, que até hoje concede o Prêmio Nobel, Strindberg foi agraciado com uma distinção sem precedentes: o Prêmio Anti-Nobel, uma arrecadação pública de dinheiro promovida por seus conterrâneos. No fim da vida, o autor instala-se na Blå Tornet – a "Torre azul" onde hoje funciona o museu em sua memória. Strindberg morreu no dia 14 de maio de 1912, deixando como legado uma vasta produção de grande valor literário, que inclui as peças *Senhorita Júlia*, *A dança da morte*, *O pai*, *A caminho de Damasco* e *A sonata espectral*, além dos romances *Inferno*, *O filho da criada*, *Defesa de um louco* e *Gente de Hemsö*.

Gente de Hemsö é considerado uma das obras-primas de August Strindberg. Escrito em sua maior parte quando o autor se encontrava no exílio autoimposto, foi publicado pela primeira vez em 1887, pela editora Bonniers, de Estocolmo. Estrondoso sucesso desde sua aparição, este romance foi concebido, nas palavras do próprio Strindberg, para reconquistar seu público depois de uma fase marcada pela polêmica e pelo ostracismo literário. A obra traça um quadro da natureza física e humana dos arquipélagos suecos, berço cultural da Suécia: poucos escritos são tão característicos daquele país escandinavo. Fino retrato psicológico de diversas personagens cativantes, *Gente de Hemsö* alia humor e lirismo, ocupando um lugar ímpar em meio à obra posterior de Strindberg, carregada de tensões e conflitos psicológicos. Adaptado para teatro, cinema e TV, traduzido para diversos idiomas, este romance permanece até hoje como uma das obras mais queridas do povo sueco. Primeira tradução integral para o português, direta do sueco, esta edição recupera as partes expurgadas na primeira edição e contou com o valioso auxílio do professor Per Stam, diretor do Projeto Strindberg, mantido pela Universidade de Estocolmo, e responsável pela nova edição integral da obra completa de Strindberg na Suécia.

Carlos Rabelo traduziu a peça *Camaradagem*, de Strindberg, adaptada por Eduardo Tolentino, para o Grupo Tapa (prêmio de melhor espetáculo da APCA, 2006), e *O amor é tão simples*, de Lars Norèn. Para a Coleção de Bolso Hedra, traduziu direto do sueco *Sagas*, de August Strindberg.

Leon Rabelo traduziu do sueco a peça *Outono e Inverno*, de Lars Norèn, e trabalha atualmente em diversos intercâmbios culturais entre a Suécia e o Brasil.

Svenska Kulturrådet A tradução desta obra foi selecionada e agraciada com o apoio financeiro do Svenska Kulturrådet (Conselho Nacional de Cultura da Suécia).

SUMÁRIO

Introdução, por Leon Rabelo   9

GENTE DE HEMSÖ   21

1   Em que Carlsson assume seu posto...   23

2   Domingo de descanso e domingo de labuta...   39

3   Em que o capataz põe o trunfo na mesa...   57

4   Boatos de casamento...   90

5   Briga-se no terceiro dia do anúncio...   120

6   Mudanças de condição e opinião...   162

7   Os sonhos de Carlsson se realizam...   183

INTRODUÇÃO

> Strindberg tem me perseguido a vida inteira: já o amei, já o odiei, joguei seus livros contra a parede; mas livrar-me dele, jamais.
>
> Ingmar Bergman

TODO POVO possui imagens icônicas de si mesmo, malgrado a consciência de que elas às vezes escondem as nuances e reduzem a complexidade de sua história cultural a um punhado de elementos. O que significa pertencer a um determinado povo, quais são seus traços fundamentais? Respostas imediatas a esse tipo de pergunta têm contraindicações óbvias, e mesmo assim as damos mais frequentemente do que gostaríamos de admitir. Seja por hábito inconsciente, seja por preguiça intelectual, acabamos recorrendo a um repertório estabelecido de referências que se impõe — ainda que momentaneamente — sobre as controvérsias. Pois afinal: como de outra forma unir sob uma mesma bandeira esse nó de disparidades e incoerências chamado "nação"? Para a Suécia e os suecos, *Gente de Hemsö* é uma das obras que conseguem essa proeza.

A ironia — que não raramente acompanha tais casos — é que seu autor, August Strindberg, jamais se prestou a esse papel, nem muito menos era esse o intento original do seu livro. Strindberg jamais foi simplista, nunca deixou de duvidar de tudo e principalmente de si mesmo.

Como ele próprio se descreve, numa de suas citações mais conhecidas: *"Eu sou um homem maldito, o que sei são muitas artes"*. Em relação ao seu país de origem, a Suécia, foi tão meticuloso quanto pôde na exposição das suas contradições, abraçando a polêmica sempre que esta se lhe avistava. Poucos rejeitaram, como Strindberg, os modismos e as convenções. Fustigava sem piedade os seus conterrâneos, tornando-se problemático aos olhos de muitos destes e incômodo para o gosto convencional. Portanto, é desconcertante — e paradoxalmente explicável — que esse mesmo autor tenha criado algumas das imagens mais persistentes sobre a natureza física e humana de seu país natal, firmando-se como poucos no cânone cultural de seu povo.

Alguns anos antes da publicação de *Gente de Hemsö*, em 1887, Strindberg já experimentara sua primeira consagração literária. Obras como *Röda rummet* (Quarto vermelho) e a peça teatral *Mäster Olof* (Mestre Olof) conquistaram logo o público pelo domínio da linguagem, pela forma precisa em que os motivos interiores de seus personagens eram retratados e pela naturalidade de suas ações dramáticas. Na literatura sueca, Strindberg está entre os primeiros que verdadeiramente levam o texto além do legado novecentista e lhe abre inauditos horizontes. Nesse sentido, suas escolhas estilísticas já se anunciavam: ele buscava a clareza, o tom direto e o despojamento de meios. Ele se lamentava:

A maioria acredita ser profundo aquilo que apenas é rebuscado. Isso é errado. O rebuscado é apenas o mal-realizado; o obscuro costuma ser falso. A sabedoria mais alta é simples, clara e atravessa o cérebro até o coração.

O CRÍTICO POLÊMICO

Outra marca distintiva de Strindberg, bastante conhecida: ele nasce, vive e morre como um autor crítico. Para ele, a crítica será uma verdadeira vocação, uma sina e, muitas vezes, sua maior desgraça pessoal.

A relação problemática de Strindberg com seu contexto intelectual e literário é um exemplo disso. Pertencente à geração "dos anos 1880", num grupo em que figuravam autores como Ola Hansson, Tor Hedberg, Oscar Levertin e Axel Lundegård, Strindberg envolvia-se muitas vezes em brigas terríveis com seus contemporâneos. É famosa, por exemplo, sua contenda com o nascente movimento feminista sueco. Muitas de suas integrantes eram escritoras importantes, como Anne Charlotte Leffler e Victoria Benedictsson.

Strindberg atacava as feministas com uma veemência que só pode ser classificada de irracional e que o torna alvo de críticas até hoje, principalmente em seu próprio país. Repare-se a contradição: apesar de Strindberg, já em 1884, ter se expressado a favor do sufrágio feminino, e de ter sempre se envolvido e convivido com mulheres independentes e emancipadas, sua postura intelectual com relação às mulheres é hoje chamada por alguns de misógina. Sem querer, em absoluto, defender todas as posições de Strindberg, talvez se pudesse fazer a ressalva de que muitos dos seus argumentos se revestem de uma aguda inteligência, com observações ao menos merecedoras de reflexão e réplica.

Além da questão feminista, Strindberg também exercitava seu ímpeto iconoclasta em diversas incursões pela ensaística, metendo-se em assuntos históricos suecos, discutindo identidades, valores e processos de formação nacional. Acabou se vendo jogado no furacão de um estrondoso debate público, atraindo a ira da parte conservadora de seu público leitor. Em tom acrimonioso, a propósito da publicação de sua obra histórica *O povo sueco*, ele observa numa carta a seu amigo, o desenhista Carl Larsson: "Aqui as balas estão zunindo nos ouvidos, mas eu apenas levanto minha perna e urino sobre a coleira".

UM LIVRO ESCRITO NO EXÍLIO

Toda essa contenda acaba por cobrar seu preço: em 1883 Strindberg parte rumo à França e à Suíça para um exílio voluntário que duraria seis anos. E foi assim, numa situação de afastamento de seu país e com o intuito de reconquistar seus leitores, que ele concebe *Gente de Hemsö*. Talvez pela saudade, talvez por vingança, ele se propôs nessa obra a recriar o ambiente natural e humano dos arquipélagos da Suécia, lugar de nascimento de sua cultura há milênios. Estendendo-se ao longo de quase todo o litoral do país, foi nesse mundo de águas e ilhas que a natureza e o clima se entrelaçaram na própria identidade do povo sueco. Basta lembrar que a palavra "enseada", em sueco, "*vik*", está na raiz da palavra "viking", que por sua vez significa "habitante de enseada".

Strindberg conhecia bem esse universo, tendo passado vários verões na ilha de Kymmendö, no arquipélago ao sul de Estocolmo, e visitando-a pela primeira vez em 1871. É essa ilha que ele usará como modelo para a sua fictícia ilha de Hemsö. Está claro que a cultura dos arquipélagos suecos, na época de Strindberg, não se assemelhava muito — ao menos exteriormente — ao passado mítico dos nórdicos, tendo já passado por mil anos de cristianismo e quatrocentos de modernidade. Ainda assim, encontrava-se lá preservada uma quase intocada relação originária das pessoas com o seu entorno natural, com as condições climáticas e com as tradições milenares. Esses elementos serão a espinha dorsal da nova obra.

Nas próprias palavras de Strindberg para o editor Pehr Staaf:

Trata-se de um retrato em forma de romance sobre a vida rural nos arquipélagos suecos, o primeiro romance, genuíno, que escrevi. Repleto de paisagens suecas, camponeses, homens ilustrados, pastores, capelães etc. Coisas belas, coisas feias, coisas tristes, alegres, cômicas, vívidas, todas elas publicáveis. E se algo estiver forte além do costume, pode ser suprimido ou amenizado.

Mais adiante, ele escreve:

Se de fato meu nome estiver tão impopular, tão odiado, como o velho ladrão Albert Bonnier[1] por anos tenta me fazer crer, então não restará outro remédio que não escrevê-lo popular novamente, o que talvez não seja impossível, já que estou retornado, de corpo e alma, após uma série de experimentos, para a literatura artística, usando a psicologia moderna como ferramenta de ajuda.

Estão aí os ingredientes principais de *Gente de Hemsö*, apenas que debaixo da simplicidade da descrição não aparece a maestria com que eles foram trabalhados. Pois longe de uma mera descrição bucólica da natureza, longe de colocá-la apenas como pano de fundo para sua narrativa, Strindberg dá à ela uma radical identidade pró-

---

[1]Albert Bonnier (1820—1900), um dos principais editores suecos, fundador da Bonnier.

pria, ora terrível, ora imensamente sedutora. A natureza, em Strindberg, se impõe sem clemência aos personagens, malhando-os incessantemente, formando-os e, às vezes, devorando-os. Percebe-se a grande alegria com que Strindberg lhe dá voz própria e escuta seus rumores, como ele nos mostra o mar e a terra, o sol e a neve, descrevendo seu imemorial pêndulo de adversidade e bonança.

Quanto aos aspectos humanos desse universo, quanto aos seus personagens e à tal "ferramenta da psicologia moderna" com que Strindberg os descreverá, é evidente que não há aqui nada de esquemático. Apenas, talvez, quanto aos encadeamentos de certos aspectos na narrativa, notamos um certo artificialismo quando Strindberg procura conferir ao enredo um tom exemplar. Mas os personagens de Strindberg, mesmo os menores, não estão ali como fantoches para quaisquer teses. Ou melhor: embora Strindberg certamente tivesse uma opinião formada sobre o microcosmo que ele retratava, encenando-a em seus personagens, ele nunca a impõe de maneira direta ou grosseira. Como autor diferenciado que era, Strindberg escondia muito bem as costuras de sua criação e nos dá criaturas que, mais do que expressão de uma visão particular, são dotados de vida autônoma. Seja na expressão dos dilemas e agruras da vida nos arquipélagos, seja na forma que essa vida se prestava a ser plataforma literária de Strindberg no ataque que ele impetrava contra os moralismos das classes urbanas leitoras da época, temos aqui um autor que sabia desaparecer atrás de sua obra e nos brindar com um texto vivo e fluído.

O ataque contra todas as posições de moralismo, aliás, é uma constante em Strindberg, que ele cultivava de forma obsessiva e que muitas vezes era sua grande diversão. Em *Gente de Hemsö*, a rusticidade da vida rural é pintada em tintas fortes e é evidente como o autor a apresenta como uma alternativa à moralidade burguesa da cidade. Tomemos, por exemplo, a maneira com que Strindberg retrata a magnífica figura do pastor Nordström. Esse homem, oriundo da cidade, de uma cultura refinada, e desde a juventude sabedor de latim e dogmática, vai se transformando ao longo dos muitos anos vividos no arquipélago, tornando-se finalmente quase indistinguível dos rudes pescadores locais. Plenamente imerso nos costumes e no linguajar destes, ele já não tem papas na língua e fala para sua congregação nos próprios termos dela. O anticlerical Strindberg não deixa passar essa oportunidade para descer o malho no que ele achava ser os exageros do luteranismo sueco da época, e isso de uma maneira bastante ousada para seus contemporâneos.

Portanto, e apesar de Strindberg ter prometido aos seus editores amenizar as passagens mais fortes, houve uns tantos trechos da obra original que foram censurados nas primeiras edições. Em especial, foram cortados os trechos onde o pastor dá vazão ao seu pesado humor e seu apreço às meninas, o que foi considerado inapropriado para as partes mais delicadas do público. A essa altura, esquecido da própria promessa, Strindberg explode contra "as imbecis tentativas de castração por parte do editor, apenas pela suposição de que o público elegante não poderia suportar algumas passagens apenas um pouco mais realistas".[2]

De qualquer modo, a estrutura de *Gente de Hemsö* fi-

---

[2]Essas passagens censuradas foram incorporadas em edições a

cará intacta, não deixando de ser, também, uma obra cheia de alegria vital e com passagens de impagável humor rústico. A proximidade de Strindberg com o naturalismo francês fica evidente na maneira escancarada em que os elementos populares são apresentados, e não nos parece exagero especular se Strindberg aqui não antecipa um tom quase joyceano. Não tanto quanto à técnica modernista, mas na forma despudorada e saborosa em que ele retrata os aspectos vulgares da existencia humana. Vemos como em *Gente de Hemsö*, um autor profundamente intelectual e urbano, como era Strindberg, se deixa levar para longe das convenções da boa sociedade e se apaixonar pela escatologia e a rudeza da vida, tentando plasmá-la em seu texto. Tendo depois *Gente de Hemsö* atravessado o longo século XX, é impressionante como essas passagens funcionam ainda hoje e dão força à obra.

É nesse sentido, talvez, que Strindberg seja tão importante e atual para toda uma cultura literária e visual dos nossos dias: ele permanece moderno. Lembremos, ainda, que Strindberg era também um inventivo fotógrafo amador e um excelente pintor. Na sua obra literária, percebe-se a proximidade com essas outras linguagens que, sem serem subjugadas, harmonizam-se num todo artístico fascinante e único. Não é por outra razão, como testemunho do enorme sucesso que *Gente de Hemsö* obteve na Suécia, que a obra foi levada às telas nada mais que quatro vezes. A primeira, numa versão muda, já em 1919. As outras se seguiram em 1944, 1955, e a última, uma série para TV,

partir dos anos 1970, com base nos manuscritos originais de Strindberg, e estão presentes nesta tradução.

em 1966. Os suecos simplesmente não conseguiram esquecer essas imagens que Strindberg lhes legara, tendo de reescrevê-las incessantemente e plasmando-as em novos espelhos de si mesmos.

STRINDBERG E BERGMAN

E é também por isso, talvez, que outro ícone sueco, Ingmar Bergman não larga jamais a Strindberg. Entre o autor e o cineasta, cujas vidas artísticas estão separadas por menos de meio século, há permanente, tensa e produtiva relação de influência. Bergman dirigiu várias das peças teatrais de Strindberg e foi marcado, sobretudo, por suas fases criativas posteriores, onde ele entraria em densos e mais sombrios territórios da psique humana e das aporias dos relacionamentos afetivos. Ambos compartilham de uma série de paixões e vicissitudes: a sofisticação nos traços psicológicos, o esmero técnico, nunca retroceder diante de uma contradição, a relação difícil que tiveram com seu entorno cultural e pessoal, a crítica implacável aos moralismos e às convenções, a universalidade de seus questionamentos quanto à condição humana. Sobretudo, eram dois artistas que sofriam da mesma inescapável necessidade de *dizer tudo*, não importando o preço a pagar. E não se pode esquecer que eles também compartilhavam o mesmo humor momentâneo, a leveza inesperada, o lirismo e a esperança final de redenção.

Em filmes como *Monika e o desejo*, *O sorriso de uma noite de amor*, *Sétimo selo* e *Persona* podemos ver como Bergman nos apresenta o mesmo retrato da natureza sueca que Strindberg descreve em seus textos, uma natureza que mantém com os personagens uma relação a um só tempo silenciosa e devastadora. Nessas imagens, bem como em muitos outros aspectos, certamente Bergman deve muito a Strindberg. Talvez não seja por acaso que Bergman tenha terminado seus dias afastado do mundo, isolado também ele numa ilha do litoral sueco.

NOTA SOBRE A TRADUÇÃO

Finalmente, algumas palavras sobre a empreitada de se traduzir *Gente de Hemsö* para o português de nossos dias. Poucas obras da literatura sueca atacam o tradutor com tantas e tamanhas dificuldades. Em muitas passagens, Strindberg faz às vezes de um naturalista ou botânico, colecionando com avidez e prazer um infindável número de espécies animais e vegetais dos arquipélagos e da natureza escandinava. Peixes, pássaros, árvores, flores vêm em profusão sobre nós. Em outras horas, Strindberg assume o papel de um antropólogo e elenca meticulosamente todo um arsenal de ferramentas de navegação, pesca, caça e trabalho na terra. Nota-se que ele reuniu com grande afinco todos esses elementos para a composição de seu retrato, dando-lhe, além da qualidade literária, um rico valor documental.

O mais importante, no entanto, é perceber que a verdadeira intenção de Strindberg nessas passagens é causar um estranhamento no leitor em relação ao mundo que ele está pintando, mesmo no leitor sueco de sua época, habituado à cidade e desacostumado com os arquipélagos. É como se ele quisesse nos dar a sensação que teve Carlsson, o personagem principal da obra, ao chegar como intruso na ilha de Hemsö e na vida de seus habitantes. Carlsson tem a impressão de ter "chegado a uma terra estranha". E assim nos sentimos nós, sendo essa sensação multiplicada ainda mais pela distância geográfica, temporal e cultural que há entre o mundo de Hemsö e o nosso.

***

Gostaríamos de agradecer ao diretor do *Projekt Strindberg*, professor Per Stam, pela valorosa contribuição à presente tradução. O Projeto Strindberg é mantido pela Universidade de Estocolmo e irá re-editar, até o ano do centenário da morte de Strindberg, em 2012, a íntegra de sua obra escrita — incluídas as cartas e diversos textos avulsos.

GENTE DE HEMSÖ

Capítulo 1

EM QUE CARLSSON ASSUME SEU POSTO
e é considerado um falastrão

ELE CHEGOU feito uma tormenta numa tarde de abril e tinha um cantil de Höganäs[1] numa cinta pendurada ao pescoço. Clara e Lotten tinham ido buscá-lo de barco no ancoradouro de Dalarö; mas levou uma eternidade para que partissem de lá. Elas tinham que ir à venda comprar um barril de alcatrão, à farmácia buscar pomada para o porco, e também foram ao correio apanhar um selo, e depois descer até a casa de Fia Lövström, no Kroken, para emprestar o galo, em troca de meia libra de corda trançada para as redes de arrastão, e por fim pararam na estalagem onde Carlsson lhes ofereceu café com biscoitos. Embarcaram por fim, mas Carlsson queria conduzir, ainda que não soubesse como, pois nunca vira um barco de vela redonda, chegando mesmo a gritar para alçarem a genoa, uma vela que ali nem existia.

No posto da alfândega, os timoneiros e zeladores riram da manobra, enquanto o barco ia à deriva, de vento em popa, rumo a Saltsäcken.

[1]Espécie de aguardente regional (*brännvin*, em sueco), no caso, da cidade de Höganäs. [Todas as notas são dos tradutores, exceto quando indicadas.]

EM QUE CARLSSON ASSUME SEU POSTO

— Ei, você! Tem um buraco no casco! — gritou através do vento um aprendiz de timoneiro. — Arruma isso aí! — e enquanto Carlsson procurava pelo buraco, Clara deu-lhe um empurrão e tomou o leme, ao passo que Lotten, usando os remos conseguiu pôr o barco no vento certo, que agora deslizava a contento rumo a Aspösund.

Carlsson era baixinho e espadaúdo, da província de Värmland, com olhos azuis e nariz adunco como um gancho. Por mais enérgico, brincalhão e curioso que fosse, não sabia nada de navegação; fora chamado a Hemsö para cuidar da lavoura e dos animais, já que ninguém se metia com isso desde que o velho Flod partira dessa para melhor, deixando a viúva sozinha com a fazenda.

Quando Carlsson quis assuntar as moças sobre fatos e circunstâncias, ele obteve respostas típicas de um ilhéu:

— Sei não, senhor... Posso dizer nada disso, não... Disso tenho certeza não...

Dali não saía nada!

O barco chapinhava na água entre ilhotas e rochedos, enquanto a pardela cacarejava atrás das rochas e os tetrazes baritonavam na floresta de abetos; cruzaram enseadas e corredeiras enquanto a escuridão caía e as estrelas desfilavam para o alto. O barco agora os carregava sobre águas largas, onde ao longe piscava o farol de Huvudskar. Passavam às vezes por uma boia, às vezes por balizas brancas, semelhantes a fantasmas; ainda brilhavam restos de neve feito lençóis quarando, e da água negra emergiam boias cegas roçando a quilha do barco quando este passava sobre elas; uma gaivota sonolenta se assustou no seu penhasco, despertando vida nas andorinhas-do-mar e gaivinas que fizeram um alarido dos diabos, e bem longe, onde as estrelas encontravam o mar, avistava-se o olho vermelho e outro verde de um grande barco a vapor, que ia arrastando uma fileira de globos luminosos projetados de suas escotilhas e salões.

Tudo era novo para Carlsson e sobre tudo ele perguntava; agora ele obtinha respostas, tantas que teve a impressão de ter chegado a uma terra estranha.

"Ele veio lá da terra", o que naquele lugar equivalia ao que se diz na cidade de alguém que vem da roça.

Ondulando a água, o barco adentrou por um estreito a sotavento, obrigando-lhes a remar. Logo adiante entraram em outro estreito onde viram uma casa iluminada por entre amieiros e pinheiros.

— Chegamos — disse Clara, enquanto o barco avançava numa pequena enseada, onde uma estreita passagem se abria no junco, que farfalhou nas bordas do barco, acordando um lúcio que nadava, divagando ao redor de uma armadilha.

Um vira-lata latiu e dentro da casa se avistou a luz de uma lamparina.

Enquanto isso, o barco foi atracado no ancoradouro e começaram a descarregá-lo. A vela foi enrolada na verga, retiraram o mastro e enrolaram o estai em torno dos pinos. O barril de alcatrão foi rolado a terra, e as tigelas, cantis, cestos e trouxas logo estavam sobre o ancoradouro.

Carlsson olhava ao seu redor em meio à penumbra, vendo somente coisas novas e diferentes. Ao final do ancoradouro havia um viveiro de peixes com suas manivelas, e no parapeito do ancoradouro apinhavam-se boias, cabos, fateixas, chumbadas, cordas, linhas de pesca, anzóis, e sobre o piso de tábuas achavam-se barricas de arenque,

EM QUE CARLSSON ASSUME SEU POSTO

gamelas, tinas, selhas, cubas, caixas; e mais à frente um casebre repleto de iscas penduradas e aves empalhadas para servir de chamariz de caça: êideres-edredão, mergansos, mergansos-de-poupa, patos-fusco, patos-olho-de-ouro, e debaixo do telheiro, em suportes, velas e mastros, remos, croques, toletes, calhas, varas e arpões. Sobre o chão, armações para redes de arenque, grandes como os maiores vitrais de igreja, redes para pescar linguados com presilhas, que serviam para se prender ao braço, redes para perca, novinhas e brancas como rendas de trenó; e, seguindo em linha reta do ancoradouro, um caminho que parecia uma aleia de casa senhorial, com duas fileiras de forquilhas em cada lado, onde penduravam grandes redes de arrastão. Por esse caminho vinha se aproximando a luz de uma lamparina, jogando seu brilho na areia, onde cintilavam cascas de mexilhão e guelras secas de peixe, e nas redes de cerco reluziam as sobras das escamas de arenque, feito geada em teias de aranha. A lamparina iluminava também o rosto de uma senhora, que parecia curtido pelo vento, e um par de olhinhos amigáveis, murchados à beira do fogão. E a frente da senhora vinha o cachorro, um animal de pelo espesso que podia enfrentar tanto terra quanto mar.

— Ah, dou graças que vocês enfim voltaram — saudou-lhes a senhora. — Trouxeram o moço?

— Sim, patroa! Aqui estamos nós, e este é Carlsson, como pode ver — respondeu Clara.

A senhora enxugou a mão direita no avental e estendeu-a ao capataz.

— Pois seja bem-vindo, Carlsson, espero que passe bem entre nós. Meninas, vocês trouxeram o café e o açúcar, as velas estão guardadas na cabana? Pois então entrem para comer alguma coisa.

E o grupo subiu em procissão, Carlsson calado, curioso, esperando saber como sua vida seria naquele novo lugar.

Dentro da casa, a lenha ardia dentro do fogão e uma mesa dobrável, branca, estava forrada com um pano limpo; sobre a mesa havia uma garrafa de aguardente estreitada ao meio lembrando uma ampulheta, e ao redor taças de porcelana de Gustavsberg, pintadas com rosas e miosótis; uma bisnaga de pão fresco e torradas, uma manteigueira, açucareiro e uma jarrinha com creme completava o serviço, o que a Carlsson pareceu coisa de gente rica e que ele não esperava encontrar naquele fim de mundo. A casa em si não era nada mal, quando ele a olhava de soslaio, à luz das chamas do fogão, que somada à luz da vela de sebo do candelabro de latão iluminava o polimento um pouco desbotado da escrivaninha de mogno, espelhava-se na madeira envernizada do relógio de parede e no pêndulo, brilhava nos ornamentos prateados dos canos cinzelados das espingardas e frisava as letras douradas das lombadas dos sermonários, hinários, almanaques e manuais de agronomia.

— Vamos entrar, Carlsson — convidou a senhora, e Carlsson, que era um filho dos novos tempos, não se fez de rogado, entrando sem demora para se sentar no sofá de madeira, enquanto as moças tomavam conta de sua bagagem, que foi parar na cozinha, do outro lado do vestíbulo.

A senhora desmontou a chaleira e introduziu nela um filtro de pele curtida de peixe; tampou e aferventou a água, enquanto reiterava o convite a Carlsson, dessa vez acrescentando que ele se sentasse à mesa.

EM QUE CARLSSON ASSUME SEU POSTO

O capataz sentou-se todo cheio de dedos, reparando no ambiente para saber como velejaria por aquelas águas; ele tinha se decidido a causar boa impressão, mas como ainda não sabia se a patroa tolerava conversa fiada, não se aventurou a abrir logo a matraca até que soubesse bem seu rumo.

— Essa escrivaninha é uma raridade! — disse enquanto passava os dedos nas flores de metal.

— Hum! Só não tem muita coisa dentro dela — respondeu-lhe a senhora.

— Como não! — bajulou Carlsson, pondo o dedo mindinho na fechadura. — Deve haver um dinheirão aí dentro.

— Antes, havia aí ao menos alguns trocados, quando a compramos num leilão, mas perdi o Flod, e Gusten foi fazer o tiro-de-guerra, e assim ninguém mais tomou conta da propriedade. E ainda se meteram a construir a casa nova, sem nenhuma necessidade, e tudo foi indo de mal a pior. Olha aqui o açúcar, Carlsson, tome uma xícara de café.

— Eu primeiro? — perguntou cerimonioso o capataz.

— Sim, como não há mais ninguém aqui — respondeu-lhe a senhora. — O meu filho, que Deus o abençoe, está sempre pelas ilhas caçando e ainda por cima leva o Norman com ele, e dessa maneira tudo aqui fica por fazer. Só porque apanham lá algumas aves, deixam o rebanho e a pesca ao deus-dará; pois veja Carlsson, é por isso que o senhor foi chamado, para pôr tudo em ordem; e vai ter que manter certa superioridade e ficar de olho nos meninos. Aceita um biscoito, Carlsson?

— Sim, veja, patroa, se eu tiver que manter certa superioridade, para que todos me escutem, então deve haver

STRINDBERG

também ordem, e para isso precisarei do seu apoio, porque sei como são os rapazes quando nos colocamos em pé de igualdade com eles — retrucou Carlsson com confiança, já em terreno seguro. — Quanto à navegação, não vou me intrometer, porque desconheço o assunto, mas em terra, estou em casa, e é aí que meus conselhos podem lhe ser úteis.

— Vamos acertar isso amanhã, que é domingo; quando teremos tempo para conversar à luz do dia. Carlsson, mais um cafezinho antes de dormir.

A senhora serviu-lhe um pouco de café, e Carlsson pegou a garrafa em forma de ampulheta e completou bem um quarto de sua xícara. E depois de ter bebido um gole, sentiu-se inclinado a reanimar a conversa, que o deixara profundamente satisfeito. Mas a senhora tinha se levantado para mexer no fogão, as moças corriam de lá para cá, e o vira-lata latiu no quintal, desviando a atenção para fora.

— São os meninos que voltaram — disse a patroa.

Do lado de fora, ouviram-se vozes e o ruído das solas de metal sobre as pedras da encosta, e por entre as balsa-minas da janela e a luz do luar Carlsson avistou dois vultos de homem com espingardas a tiracolo e bornal sobre as costas.

O cachorro latia no vestíbulo, e logo a porta da casa se abriu. O filho entrou a passadas largas, com botas de mari-nheiro e camisão; e com o orgulho imbatível de caçador bem-sucedido jogou na mesa posta o bornal e uma fieira de patos selvagens.

— Boa-noite, mãe, aqui está a carne! — saudou, sem ainda ter percebido o recém-chegado.

EM QUE CARLSSON ASSUME SEU POSTO

— Boa-noite, Gusten. Vocês demoraram — disse a senhora, lançando um olhar involuntário de satisfação sobre os esplêndidos êideres com suas plumagens negras feito carvão e brancas como giz, peito manchado de rosa e o pescoço verde-mar. — Vejo que vocês fizeram uma boa caçada. Esse é o Carlsson, que estávamos esperando.

O filho lançou-lhe um olhar desconfiado com seus olhos pequenos e afiados, sombreados por cílios ruivos, e mudou logo de expressão, de expansivo para tímido.

— Boa-noite, Carlsson — disse ele um tanto seco e acanhado.

— Boa-noite — respondeu o capataz usando um tom ameno, pronto a se tornar mais altivo assim que tivesse avaliado melhor o rapaz.

Gusten sentou-se à cabeceira da mesa com o cotovelo apoiado no peitoril da janela e aceitou uma xícara de café da mãe, misturando-o logo com um pouco de aguardente, e bebeu, enquanto observava discretamente Carlsson, que pegara as aves e as examinava.

— Essas aqui são bem vistosas — disse Carlsson, apertando-as o peito para sentir se estavam gordas. — Posso ver que se trata de um caçador habilidoso, pois as balas estão nos lugares certos.

Gusten respondeu-lhe com um sorriso maroto, percebendo naquele instante que o capataz nada entendia de caça, elogiando um tiro que acertara as aves na penugem, tornando-as inúteis como chamarizes.

Carlsson, no entanto, continuava a falar destemidamente, elogiando os bornais de pele de foca, louvando as espingardas e diminuindo-se o mais que podia, tão ig-

norante das coisas do mar como de fato era, e mais um
pouco.

— E o que foi feito do Norman? — perguntou a senhora,
que começava a ficar sonolenta.

— Ele está guardando as coisas na cabana — respondeu
Gusten — mas chegará logo.

— Rundqvist já foi se deitar, e está mesmo na hora,
Carlsson deve estar cansado da viagem. Venha que vou
lhe mostrar onde vai dormir.

Carlsson queria mesmo era ficar mais um pouco e
esvaziar a garrafa, mas a indicação fora direta demais para
que ele ousasse se opor. A patroa o conduziu até a cozinha,
e voltou logo para o seu filho, que imediatamente retomou
seu ar desenvolto.

— O que você achou dele? — perguntou-lhe a senhora —
Ele me pareceu confiável e disposto.

— Não! — disse enfaticamente Gusten. — Não acredite
nele, mãezinha; ele só diz bobagem, esse malandro!

— Oh, mas que é isso; ele me pareceu honesto, apesar
de falar muito.

— Creia-me, mãe, esse daí é um falastrão, que vai
nos dar muito trabalho até nos vermos livres dele. Mas
não faz mal; ele pode trabalhar em troca de comida, mas
que fique longe de mim. Você nunca acredita no que eu
digo, mas você vai ver! Você vai ver! Depois você vai se
arrepender, quando já for tarde demais. Não foi assim com
o velho Rundqvist? Ele também tinha a fala mansa, mas o
corpo era ainda mais mole, e tivemos que aturá-lo, agora
sabemos que vamos tê-lo aqui até o dia em que ele morrer.
Esses trapaceiros, que tem a língua solta, só são valentes
na hora do mingau. Acredite!

EM QUE CARLSSON ASSUME SEU POSTO

— Você é igual ao seu pai, Gusten. Nunca tem fé nas pessoas e depois pede o impossível! Rundqvist não é nenhum homem do mar, também veio lá da terra; mas ele sabe fazer tanta coisa, que outros aqui não sabem; e homens do mar nós não conseguimos mais trazer, porque eles vão para a marinha, alfândega ou trabalhar de timoneiro, e para cá só vem camponês. Mas escute: deve-se aproveitar o que se tem.

— Ninguém mais quer servir a patrão. Preferem um emprego no governo, e aqui se junta toda a escória lá da terra. Ninguém pensa que gente honesta viria para essas ilhas, a não ser que tenham suas razões, e por isso eu lhe digo como antes: abra o olho!

— Quem deve abrir o olho é você, Gusten — replicou a senhora —, e tomar conta do que é seu, já que tudo aqui um dia será seu, e devia ficar em casa e não no mar dia e noite, e ao menos não afastar as pessoas do trabalho, como você sempre faz.

Gusten apanhou um dos êideres enquanto respondia:

— Ah, mãe, mas você bem que gosta de um assado sobre a mesa, depois de passar o inverno a peixe seco e carne de porco salgada, então disso você não pode reclamar. E de resto, eu não saio para beber, e cada um tem sua diversão. Comida, temos o quanto nos basta, um dinheirinho no banco, e a fazenda não está arruinada; pode até pegar fogo, já que temos o seguro.

— A fazenda não está arruinada, eu bem sei, mas todo o resto está caindo aos pedaços; as cercas precisam ser consertadas, é preciso limpar as valas, o teto da granja está tão podre que chove sobre os animais; não tem uma ponte sequer inteira, os barcos estão frágeis como gravetos, as redes precisam ser remendadas e a estrebaria coberta. E tem mais, e mais, e ainda mais; é tanta coisa por fazer que nunca é feita. Mas agora vamos ver se tudo isso vai se resolver com uma ajuda a mais, e veremos se Carlsson não é o homem para isso.

— Que ele faça então! — rosnou Gusten, passando a mão sobre seu cabelo curto, deixando-o todo em pé. — Olha aí o Norman! Entre e tome um trago, Norman!

Norman, um baixote de ombros largos, cabelos de um loiro quase branco e com um bigode ralo, olhos azuis, entrou na casa e sentou-se ao lado do companheiro de caçada, depois de cumprimentar a patroa. E assim que os dois heróis tiraram seus cachimbos de cerâmica do bolso e os encheram de fumo, começaram a se vangloriar dos feitos no mar, bem à maneira dos caçadores, passando em revista cada tiro, enquanto tomavam um café batizado com aguardente. As aves foram examinadas, onde o tiro as ferira, os cartuchos contabilizados, os erros discutidos, e traçavam novos planos para outras expedições.

Enquanto isso, Carlsson tinha entrado na cozinha, onde seria seu alojamento.

Era um cômodo sem forro que parecia um barquinho emborcado, à deriva, com sua carga que parecia consti-tuída de todas as mercadorias do mundo. No teto enegre-cido pela fumaça, penduravam-se na viga redes e apetre-chos de pescaria, e embaixo tábuas de barco dispostas para secar; emaranhados de linho e cânhamo, fateixas, ferrarias, réstias de cebola, velas de sebo, farnéis; numa trave dupla havia uma longa fileira de chamarizes recém-empalhados; em outra tinham jogado peles de carneiro; numa terceira balançavam galochas, blusas tricotadas, lençóis, camisas e

EM QUE CARLSSON ASSUME SEU POSTO

meias; e entre as traves uma haste de ferro na qual penduravam pão ázimo, um varal com pele de enguia, estacas com linha de pesca e arpões.

À janela da cumeeira havia uma mesa sem pintura, e junto a parede três catres, já feitos com lençóis limpos de pano cru.

A senhora indicara um desses catres a Carlsson, antes de se afastar com a lamparina, deixando o recém-chegado na penumbra, mantida apenas pela luz fraca da brasa do fogão e um pouco de luar, que chegava ao chão recortado pela grade da janela. Por razões de pudor não havia iluminação junto aos catres, já que as moças também dormiam na cozinha, e Carlsson começou a se despir à luz do anoitecer. Despiu a capa e tirou as botas, sacou do colete o relógio de bolso, para dar-lhe corda junto à luz da brasa. Torcia a chave com dificuldade, porque o relógio só era usado aos domingos e ocasiões especiais, quando escutou uma voz grave e rabugenta debaixo dos lençóis:

— E não é que o danado tem um relógio também!

Carlsson estremeceu, olhou para baixo e viu à luz da brasa uma cabeleira despenteada com um par de olhos semicerrados pendendo sobre dois braços peludos.

— E em que isso lhe toca? — disse para não ficar sem resposta.

— Tocar, só o sino da igreja, mas lá eu nunca vou! — respondeu-lhe a cabeça. — Mas é um rapaz muito chique, tem até marroquim na bota!

— Isso mesmo, e pode acrescentar que tenho galochas!

— Jesus! Tem galochas também; então com certeza pode oferecer um trago!

— Sem dúvida que posso lhe oferecer um traguinho — respondeu Carlsson já desarmado, indo buscar o cantil de Höganäs. — Sirva-se, e bom proveito.

Sacou a rolha, bebeu um gole e passou adiante o cantil.

— Deus lhe abençoe, tenho certeza que essa é da boa. Saúde! E bem-vindo à nossa vilazinha! E agora chega de formalidades, Carlsson, você pode me chamar de maluco Rundqvist, que é como costumam me chamar.

E daí ele se enfiou nas cobertas.

Carlsson, por sua vez, tirou a roupa e se deitou, depois de ter pendurado seu relógio no barril de sal e de dispor suas botas bem à vista, deixando à mostra o revestimento de marroquim vermelho. A casa estava em silêncio e só se ouvia a respiração pesada de Rundqvist ao lado do fogão. Carlsson ficou acordado pensando no futuro; as palavras da patroa cravaram-se como um prego em sua cabeça: ele deveria manter certa superioridade em relação aos outros e pôr a propriedade de pé. E o prego doía-lhe e inchava tudo ao seu redor, era como se na sua cabeça estivesse nascendo uma planta. Ele pensava na escrivaninha de mogno, nos cabelos ruivos do filho e seus olhos desconfiados. Já se via andando com um grande molho de chaves num anel de aço, chacoalhando-o contra o forro da calça; e quando alguém lhe pedia dinheiro, ele erguia a aba de seu avental de couro, sacodia a perna direita, enfiava a mão no bolso e apalpava as chaves contra a sua coxa; dedilhava o molho de chaves como se estivesse desemaranhando uma rede, e ao pegar a chave menor, a da escrivaninha, ele a introduzia na fechadura, como fizera com o dedo mindinho naquela tarde, mas a fechadura, que lhe parecera um olho com a pupila dilatada, ficava grande e escura feito a boca de uma espingarda, e do outro lado de seu cano aparecia um olho vermelho de peixe, que era o filho da patroa mirando-lhe com precisão, traiçoeiro, como quem defende seu ouro.

O rumor de passos junto à porta da cozinha despertou Carlsson de sua sonolência. Sobre o piso, para onde os quadrados de luar tinham se mudado, passaram dois corpos em camisolas brancas que logo pularam na cama, que rangeu bastante, como um ancoradouro bambo onde se atraca um barco; os lençóis se moveram com risadinhas até que o silêncio voltou a reinar.

— Boa-noite, meninas — ouviu-se da voz sonolenta de Rundqvist. — Sejam boazinhas e sonhem comigo.

— Sim, como esqueceríamos disso? — respondeu Lotten.

— Ssch, não fale com esse sem-vergonha — avisou-lhe Clara.

— Vocês são... tão boazinhas. Se eu ao menos pudesse ser como vocês! — suspirava Rundqvist. — Santo Deus, a velhice chega e não damos conta de mais nada, que lixo de vida. Boa-noite para vocês, crianças, e tomem cuidado com o Carlsson, que ele tem relógio e botas de marroquim! Carlsson, esse é feliz. A felicidade vem, a felicidade vai embora, feliz aquele que tem mulher a toda hora. De que estão rindo aí? Carlsson, não me daria mais um trago? Faz tanto frio nesse canto, vem uma friagem que entra pelo fogão.

— Não, já chega, agora quero dormir — resmungou Carlsson, importunado em seus sonhos com o futuro, nos quais não havia nem vinho nem mulheres, pois já se encontrava em sua posição de "superioridade".

Fez-se silêncio novamente, somente os ruídos amortecidos das histórias dos caçadores atravessavam as duas portas, além dos lentos puxões de vento noturno no madeirame.

Carlsson fechou os olhos e escutou, enquanto adormecia, a voz de Lotten recitar suavemente algo que ele primeiro não entendeu, mas que aos poucos foi se arrastando numa ladainha, da qual ele pode discernir: *e não-nos- -deixeis-cair-em-tentação, mas-livrai-nos-do-mal, porque- -teu-é-o-reino-o-poder-e-a-glória-para-sempre-amém.*

— Boa-noite, Clara. Durma bem.

Por um breve tempo se ouviu alguém ressonando da cama das meninas, já Rundqvist roncava tão alto que parecia um serrote na madeira fazendo as janelas tremerem, fosse por brincadeira ou a sério. Carlsson estava sonolento, e não sabia mais se estava acordado ou dormindo, até que sentiu alguém levantar a coberta, e um corpo rechonchudo e suado se deitar ao seu lado.

— Sou eu, o Norman — escutou de uma voz suave, reconhecendo então o criado que teria como companheiro de cama.

— Ah, é o caçador que está de volta — resmungou Rundqvist com sua voz rouca de baixo —, pensei que era o Carlsson, aqui, que tivesse saído para caçar no sábado à noite.

— E você, que não pode caçar, Rundqvist, pois nem espingarda tem mais? — provocou Norman em resposta.

— Não sei caçar? — replicou o velho, para não ficar sem dar a última palavra. — Eu consigo acertar estorninhos com espingarda de pederneira, sim, senhor, daqui mesmo, deitado na cama.

EM QUE CARLSSON ASSUME SEU POSTO

— Vocês apagaram o fogo? — interrompeu a patroa com candura, através da porta do vestíbulo.

— Sim! — responderam em coro.

— Então boa noite para vocês.

— Boa-noite, patroa.

Seguiram-se suspiros, arfadas e arquejos, até os roncos tomarem conta do recinto.

Mas Carlsson ainda não conseguia dormir e por um bom tempo ele contou as grades da janela, para que depois seus sonhos se realizassem.

Capítulo 2

DOMINGO DE DESCANSO E DOMINGO DE LABUTA;

o bom pastor e as más ovelhas;
as galinholas que tiveram o que
mereciam e o capataz
que conseguiu seu quarto

QUANDO CARLSSON acordou na manhã de domingo com o cantar do galo, todas as camas já estavam vazias e as moças já se achavam de saia ao fogão, o sol brilhava em cheio e sua luz se espalhava pela cozinha.

Carlsson vestiu logo as calças e saiu até a ribanceira para se lavar. Lá encontrou o jovem Norman, sentado num barril de arenque, enquanto o prestativo Rundqvist lhe aparava o cabelo, vestido num peitoril limpo, grande como um jornal, além de estar com suas melhores botas. Junto a uma tina de ferro, que lhe haviam indicado como lavatório, e usando um pedaço de sabão, Carlsson pode tomar seu banho de domingo.

Na janela da casa se via o rosto sardento de Gusten, todo ensaboado e em meio a caretas horríveis, refletidas num pedaço de espelho, conhecido pelo nome de "obrigação de domingo", diante do qual ele ia passando a navalha cintilante para frente e para trás.

— Vão à igreja hoje? — disse Carlsson em lugar de bom-dia.

— Não, nós não vamos muito à casa de Deus — respondeu Rundqvist; — porque só de ida são vinte quilômetros de remo, e o mesmo tanto na volta, e não se deve profanar o dia de descanso com trabalho desnecessário.

Lotten saiu para enxaguar as batatas, enquanto Clara ia buscar peixe salgado no depósito de inverno, ou na vala comum, como era chamada, onde todos os peixes menores, que morriam na rede ou não podiam mais ser conservados no viveiro, eram salgados e misturados sem distinção e depois consumidos segundo as necessidades correntes da casa. Lá havia ruivos brancos, ao lado de escardínios vermelhos; filhotes de brema, ruffes, lumpos, percas, pequenos lúcios para fritar, solhas, tencas, lotas, coregonos-lavareda; todos com algum tipo de imperfeição: um com a guelra rasgada, ao outro lhe faltando um olho, arpoadas no lombo, marcas de pisada e assim por diante. Ela apanhou dois punhados de peixe, sacudiu-lhes o sal e assim a turma foi parar na panela.

Enquanto o desjejum era preparado, Carlsson se vestiu e deu algumas voltas de reconhecimento pela propriedade.

A casa, que na verdade eram duas casas geminadas, erguia-se num outeiro que ficava na extremidade sul e interna de uma enseada bastante funda, adentrando-se tanto na terra que não era possível avistar dali o mar aberto, podendo-se imaginar que se estava à beira de um laguinho em terra firme. O outeiro acabava em um vale com pastagens, prados e campinas, cercados por florestas de bétulas, amieiros e carvalhos. O lado norte da enseada era protegido do vento frio por um monte coberto de

abetos, e a parte sul da ilha era constituída de bosques
de pinheiros, campos de bétulas, pântanos e charnecas,
tomados aqui e ali por trechos de lavoura.

No outeiro, junto à casa, ficava a despensa, e a um
trecho dali a casa maior, feita de madeira e pintada em
vermelho, bem grande e coberta de telhas, que o velho
Flod construíra para si mesmo, mas que agora estava de-
sabitada, já que a viúva não queria morar ali sozinha e
também porque a manutenção de tantas lareiras exauriria
desnecessariamente a floresta.

Mais ao longe, em direção ao pasto, ficavam o estábulo
e o celeiro; e à sombra de um bosque de imponentes carvalhos ficavam a sauna e o porão; ao extremo sul da campina
se avistava o telhado de uma ferraria abandonada.

Abaixo, na ponta interna da enseada, havia os depósi-
tos de pescaria e ferramentas junto ao ancoradouro para
os barcos.

Mesmo sem admirar a beleza da paisagem, o conjunto
do lugar infundia satisfação a Carlsson. A enseada abun-
dante em peixes, as campinas planas, as lavouras férteis
de boa posição e protegidas do vento, a densa floresta, rica
em lenha, as belas árvores de madeira valiosa nos pastos,
tudo prometia bons rendimentos, faltando-lhes apenas
uma mão forte para pôr em movimento suas riquezas e
extrair seus tesouros submersos para a luz do dia.

Depois de ter elucubrado aqui e ali, foi interrompido
em suas considerações por um retumbante "oi!", vindo
das imediações da casa e que ecoou pela enseada e nos
estreitos; logo respondido no mesmo tom pelo celeiro, o
pasto e a ferraria.

Era Clara que chamava para o café da manhã e num

instante os quatro trabalhadores estavam sentados ao redor da mesa da cozinha, onde haviam posto batata cozida e peixe salgado, manteiga, pão de centeio e aguardente — já que era domingo. A patroa andava em torno recomendando-lhes bom apetite e vez ou outra reparava no fogão onde cozinhavam ração para as galinhas e porcos.

Carlsson tomou lugar em uma das cabeceiras da mesa, Gusten escolhera uma das laterais, Rundqvist a outra e Norman a cabeceira oposta, de forma que ninguém sabia ao certo quem tinha a posição de honra, e os quatro se viam presidindo a mesa. Carlsson, porém, parecia conduzir a conversa e acentuava suas frases com batidinhas de garfo na mesa. Falava de agricultura e moradia; mas Gusten não respondia ou mudava o assunto para pesca e caça, ao que Norman se juntava, tendo Rundqvist assumido uma neutralidade maldosa, jogando uma lenha ambígua na fogueira quando o embate parecia se acender, soprava na brasa quando esta parecia se apagar, partia para a direita ou aguilhoava pela esquerda, mostrando aos convivas que eram igualmente tolos e ignorantes e somente ele tinha discernimento.

Gusten nunca respondia a Carlsson diretamente, voltando-se para os outros vizinhos de mesa, e Carlsson viu que dali não podia esperar nenhuma simpatia.

Norman, que era o mais jovem, procurava sempre ter algum respaldo do filho da casa, pois parecia-lhe mais seguro contar com sua confiança.

— Vejam só, estão investindo em porcos, quando não há leite no estábulo, isso não faz sentido — proferiu Carlsson —, e a produção de leite só melhora quando se semeia o pasto com trevos no outono. A agricultura precisa de circulação; tem que circular, uma coisa influi na outra.

— É assim também na pesca, o Norman sabe — replicou Gusten para o seu vizinho de mesa — porque não se pode usar as redes de arenque antes da época de apanhar solha, e não se apanha nenhuma solha antes que o lúcio tenha acasalado. Uma coisa como que influi na outra, enquanto um peixe é apanhado, o outro já escapa. Não é assim, Norman?

Norman assentiu sem reserva e por via das dúvidas seguiu na mesma toada, pois percebera que Carlsson já preparava um novo ataque:

— Sim, quando um peixe é apanhado, o outro já se solta.

— Quem é que se solta? — interveio Rundqvist com gosto, enquanto Carlsson com um rabo de escardínio entre os dentes se revirava na cadeira para puxar a conversa novamente para o seu lado, mas tendo agora que se juntar às risadas gerais, causadas mais pelo prazer destrutivo de deixar a lavoura de lado do que por mero divertimento. E, animado pelo sucesso, Rundqvist começou a desdobrar com comicidade o assunto que achara, para que mais nenhuma conversa séria tivesse ouvidos.

Quando o desjejum terminou, a senhora convidou Carlsson e Gusten até o estábulo e os campos, para discutirem os reparos e a distribuição das tarefas e para que estabelecessem o que deveria ser feito para reerguerem a propriedade; após o que todos se reuniriam na casa para a leitura do sermão.

Rundqvist se deitou no sofá ao lado do fogão e acendeu seu cachimbo, Norman tomou o acordeom e se sentou num canto do vestíbulo, enquanto os outros iam para o estábulo. Lá Carlsson encontrou, não sem certa satisfação, um estado que superava suas piores expectativas. Doze vacas deitadas comiam musgo e palha, pois a forragem acabara. Todas as tentativas de erguê-las se mostraram inúteis, e depois de ele e Gusten tentarem colocá-las de pé com a ajuda de uma tábua, as vacas foram deixadas à própria sorte.

Carlsson sacudiu a cabeça com gravidade, como um médico que abandona o leito de um moribundo, mas deixou para mais tarde seus bons conselhos e sugestões de melhorias.

Todavia os dois touros estavam ainda em pior condição, pois tinham acabado de puxar os arados da primavera, e as ovelhas só tinham para comer a casca de galhos cujas folhas havia muito se esgotaram.

Os porcos estavam magros como cães de caça; as galinhas corriam soltas pela estrebaria, montes de estrume estavam espalhados aqui e acolá e água escorria sem nenhum controle.

Depois de tudo averiguado e o estado de calamidade decretado, Carlsson deixou claro que ali não havia mais nada a fazer a não ser o abate.

— É melhor ter seis vacas que dão leite do que doze magras! — e, examinando os traseiros e os úberes das vacas, escolheu com confiança seis que iriam para a engorda e depois para o abate.

Gusten se opôs, mas Carlsson garantia e asseverava: essas vão morrer! Tão certo quando eu estou vivo, essas vão morrer!

Em seguida outras melhorias deveriam ser feitas. Mas

antes de tudo mandariam comprar feno seco de boa qualidade, para só depois soltar os animais na floresta.

Quando Gusten ouviu que iriam comprar feno, fez as
mais vivas objeções quanto a gastar dinheiro com algo que
poderiam conseguir ali mesmo, mas sua mãe o silenciou
dizendo que ele não entendia do assunto.

Após outros preparativos menores, deixaram o estábulo em direção aos campos.

Lá, grandes extensões estavam em pousio.

— Não, não, não! — dizia Carlsson inconformado, vendo
uma técnica arcaica numa terra tão boa. — Que tolice!
Ninguém mais no mundo deixa a terra descansar, e sim
a cobre de trevos, pois quando se pode ter uma safra por
ano, para que ter uma somente a cada dois?

Gusten deu seu parecer dizendo que colheitas segui-
das exaurem a terra, que, assim como as pessoas, precisa
repousar, ao que Carlsson replicou com uma explanação
correta, ainda que um tanto nebulosa, de como a cobertura
de trevos adubava a terra em vez de exauri-la, além de
deixar o campo livre de ervas daninhas.

— Isso eu nunca ouvi antes, uma cultura que aduba
a terra — disse Gusten, não conseguindo compreender a
erudita intervenção de Carlsson sobre como as ervas na
maior parte se alimentavam "de ar".

Em seguida foram até as valas que se encontravam
inundadas pelo lençol freático, obstruídas de mato e com
vazão ruim. As plantações espalhavam-se irregularmente,
como se tivessem sido semeadas com desleixo, e as ervas
daninhas vicejavam intactas em meio aos torrões. O campo
estava abandonado e as folhas do ano anterior cobriam e
sufocavam a grama numa mistura lamacenta. As cercas

DOMINGO DE DESCANSO E DOMINGO DE LABUTA

estavam quase caindo, não havia pinguelas, tudo estava tão inóspito quanto a viúva tinha descrito para Gusten na noite anterior. Gusten, entretanto, não dava ouvidos às eruditas considerações de Carlsson, repelindo-as como algo desagradável que se desenterrava do passado, temendo a quantidade de trabalho que se avizinhava e ainda mais o dinheiro que a sua mãe teria que desembolsar.

Quando seguiram adiante até o pasto dos bezerros, Gusten ficou para trás, e ao chegarem à floresta, ele tinha desaparecido. Sua mãe chamou por ele, mas sem resposta.

— Deixe-o ir — disse a viúva. — Com Gusten é assim, sempre um pouco desinteressado e cheio de repentes quando não está no mar caçando. Não repare nele, Carlsson, não é mau rapaz. É que o pai queria algo melhor para ele do que ser lavrador, deixando-o livre com seus divertimentos; assim que completou doze anos, ele ganhou um barco só para ele, bem como uma espingarda, e desde então não há o que fazer. E agora que a pesca não vai bem, eu tenho que tomar conta da terra, que afinal é mais seguro do que depender do mar; e poderia ter dado bom resultado se Gusten mantivesse a ordem entre os empregados, mas ele sempre se põe ao nível deles, e assim o trabalho não vai para frente.

— Sim, de fato não é bom mimar os empregados — decretou logo Carlsson — e vou lhe dizer uma coisa, patroa, aqui entre nós, que se é para eu ser o intendente, então o melhor é que eu faça as refeições na sala de jantar e que eu tenha meu próprio quarto, ou não terei nenhum respeito e não sairemos do lugar.

— Carlsson, refeições na sala de jantar talvez não seja possível — respondeu-lhe a patroa um tanto receosa, enquanto passava por sobre a cerca. — Hoje, os empregados não aceitam que você coma em outro lugar que não ao lado deles na cozinha; mesmo Flod não ousou fazer isso, e Gusten nunca toleraria; haveria reclamações quanto à ostentação e a insatisfação seria geral. Não, isso não pode acontecer. Mas o senhor dormir em seu próprio quarto, isso já é outra coisa, com a qual podemos concordar; de resto, todos devem achar que já há gente demais na cozinha, e creio que Norman prefere dormir sozinho no sofá a dividi-lo com outro.

Para Carlsson uma meia vitória já era suficiente e ele deixou uma carta na manga para mais tarde.

Entraram então na floresta de pinheiros, onde ainda havia restos de neve entre duas rochas, sujos de terra e folhas caídas; os pinheiros já transudavam resina ao sol resplandecente de abril e sobre suas raízes floresciam anêmonas azuis, enquanto sob os arbustos de avelãs e através das folhas mortas se espalhavam as anêmonas brancas. O musgo exalava um vapor morno; por entre os troncos das árvores se via o brilho da relva campestre estremecendo por sobre os prados e ao longe a enseada azulava através da leve brisa; esquilos corriam entre os galhos e ouviam-se as marteladas e o pios do pica-pau.

A senhora Flod caminhava a passos leves pela trilha, por sobre folhas de abeto e raízes, e quando Carlsson, que a seguia, viu as solas de seus sapatos se dobrando em passos ágeis, encobertos pelos babados da saia, lembrou-se de que no dia anterior ela lhe parecera mais velha.

— Patroa, a senhora anda com muita leveza — disse Carlsson, ousando externar seus sentimentos de primavera.

— O senhor não deve estar falando sério, parece até que o senhor está fazendo troça de uma pobre velha.

— Não, eu sempre digo o que penso — assegurou-lhe Carlsson — se eu andar no mesmo passo, ficarei suado.

— Nós não vamos muito longe, de qualquer maneira — respondeu a viúva, parando para tomar ar. — Aqui o senhor já tem uma visão da floresta, onde os animais passam a maior parte do verão, quando não estão nos montes.

Carlsson lançou um olhar experiente sobre a floresta e viu que havia ali muitas braças de lenha e madeira de boa qualidade por extrair.

— Mas ela também está pessimamente manejada, em toda parte emaranhados de galhos caídos e copas secas, o que dificulta a passagem tanto de animais quanto de carruagem.

— Sim, Carlsson, o senhor mesmo pode ver o estado das coisas, agora tem como decidir e ordenar o que quiser até deixar tudo certo, disso posso estar segura, não é, Carlsson?

— Vou fazer minha parte, se os outros fizerem também a deles, e para isso, patroa, a senhora terá que me ajudar — reiterou Carlsson, sentindo em seu íntimo que não seria fácil galgar uma posição de comando havendo na propriedade costumes tão arraigados.

Eles retornaram à casa numa ininterrupta conversa sobre como Carlsson conseguiria alcançar e manter sua posição de superioridade, que ele insistia com a patroa ser a condição principal para o futuro florescimento da fazenda. Era hora de ler o sermão, mas não se avistava nenhum dos rapazes. Os dois caçadores tinham saído pela floresta, e Rundqvist, como de costume, devia ter se escondido num monte ensolarado, pois era o que ele sempre fazia quando era o momento de se ouvir a palavra de Deus. Carlsson insistiu na leitura mesmo sem público, e se abrissem a porta da cozinha as moças poderiam participar em meio às panelas do fogão. A viúva expressou sua preocupação de não conseguir recitar a contento o sermão e Carlsson de imediato se encarregou da leitura.

— Imagine! Ele lera tantos sermões na vida, trabalhando na casa do advogado corregedor, que aqui não haveria de errar.

A senhora apanhou o calendário e procurou na leitura do dia o segundo domingo depois da Páscoa, que versava sobre o bom pastor. Carlsson tirou a homilia de Lutero da estante e se sentou numa cadeira bem no meio da sala, de modo que a congregação pudesse vê-lo de modo apropriado. Em seguida abriu o livro de salmos e começou em voz forte, modulando-a em diferentes tons, tal como escutara os pregadores, e como já fizera antes, a declamar o texto:

— "Naquele tempo Jesus disse para os judeus: 'Eu sou o bom pastor: o bom pastor oferece sua vida pelas ovelhas; mas o mercenário, e não o pastor a quem pertencem as ovelhas, ao ver o lobo se aproximando abandona as ovelhas e foge'."

Uma estranha sensação de responsabilidade pessoal se apoderou do leitor enquanto proferia as palavras: "Eu sou o bom pastor", e olhou gravemente para fora, através da janela, como se procurasse os dois mercenários fugitivos Rundqvist e Norman.

A senhora Flod balançou a cabeça em triste assentimento e pôs o gato em seu colo, como se acolhesse a ovelha desgarrada.

E Carlsson seguiu lendo com voz vibrante, como se ele mesmo o tivesse escrito:

— "Mas o mercenário foge." Sim, ele foge — enfatizou —, "pois ele é mercenário!" — gritou. — "E não cuida das ovelhas."

"Eu sou o bom pastor, e conheço minhas ovelhas, e elas me conhecem" — continuou de cor, como se fossem palavras da catequese. Em seguida, diminuiu a intensidade da voz, cerrou os olhos, como se sofresse uma mágoa profunda pela maldade dos homens e suspirou, frisando bem e lançando olhares para o lado, sem deixar de subentender algo ardiloso, como se lamentasse denunciar pecadores anônimos, mas sem querer estar ele próprio por trás da acusação:

— "Eu possuo também outras ovelhas, que não são deste rebanho; a elas também tenho de pastorear, e que escutem minha voz!" — e com um sorriso esclarecedor, profético, esperançoso e consolador, ele sussurrou:

— "E será *um* rebanho, e *um* pastor."

— E *um* pastor! — ecoou a senhora, que tinha seus pensamentos em outro lugar.

Em seguida folheou a homilia, e sorriu amarelo quando viu que o trecho era "danado de longo", mas tomou coragem e começou. O assunto se desviava do propósito que ele intentara e versava mais sobre os sentidos da simbologia cristã, logo o interesse não era tão vivo quanto o do texto anterior. Ele aumentou a velocidade e disparava antes das viradas de páginas, molhando o dedão para poder virar duas de cada vez sem que a patroa notasse.

Mas quando viu o final se aproximando e suspeitou que o amém estava por perto, diminuiu o ritmo; porém já era tarde demais, pois na última virada ele cuspira demais no dedão, apanhando três folhas de uma só vez, dando com o "Amém" bem no começo da página, como se tivesse topado a cabeça numa parede. A patroa despertou com o susto e olhou sonolenta para o relógio, ao que Carlsson repetiu o "Amém" com alguns floreios de "em nome do Pai, do Filho e do Espírito Santo e nosso salvador Jesus Cristo".

Para arredondar o final e se redimir pelo que tinha pulado, ele disse um Pai-nosso com tanto vagar e comoção, que a viúva ainda teve tempo de dar mais um cochilo, despertando de vez antes do final.

Para não passar o constrangimento de ter que explicar o texto, Carlsson baixou ainda a cabeça apoiando-a na mão esquerda numa prece silenciosa, que não podia ser interrompida.

A senhora também se sentia culpada e quis dar prova de sua atenção opinando sobre o que tinha entendido da leitura, mas foi interrompida pela incondicional conclusão de Carlsson que, segundo o texto e as próprias palavras do salvador, não havia nada além de "*um* rebanho e *um* pastor! Inexoravelmente *um*; *um* para todos, *um*, *um*, *um*!".

Clara gritou chamando para o jantar, e do fundo da floresta ouviram-se dois gritos alegres de reconhecimento, acompanhados por tiros de espingarda. Da chaminé da forja saiu, como se de uma barriga faminta, o grito mais original de Rundqvist, que ninguém poderia confundir.

Logo em seguida, as ovelhas desgarradas se aproximaram a passos rápidos da panela, onde foram recebidas pelas suaves repreensões da patroa por terem se ausentado;

DOMINGO DE DESCANSO E DOMINGO DE LABUTA

mas nenhum dos inocentes ficou sem resposta, protestando que não ouviram ninguém chamar por eles, caso contrário teriam vindo de imediato.

Carlsson mantinha uma dignidade dominical à mesa, e Rundqvist, por sua vez, falava com seu obscuro dialeto acerca dos mais notáveis progressos da lavoura, dando a entender a Carlsson que já estava inteirado e colaborava com o partido de oposição.

Depois do jantar, em que foram servidos dois êideres cozidos ao leite com grãos de pimenta, os homens foram dormir, cada um em seu canto, mas Carlsson apanhou o seu livro de salmos do baú e se sentou numa pedra da ribanceira, de costas para a casa, enquanto tirava uma soneca, o que pareceu muito promissor para a patroa numa tarde de domingo de outra forma ociosa.

Quando Carlsson julgou já ter dado credibilidade à sua devoção por tempo suficiente, ergueu-se e entrou na casa pedindo para ver seu quarto. A patroa quis adiar, primeiro teriam que limpá-lo e fazer outros arranjos, mas Carlsson se mostrou irredutível e foi conduzido até o sótão, onde, de fato, no fundo da armação do teto havia uma pequena peça quadrada cercada por tábuas com uma janela na cumeeira, fechada com uma cortina de listras azuis. O quarto era mobiliado com uma cama e uma pequena mesa junto à janela, sobre a qual havia uma garrafa de água. Nas paredes pendia algo encoberto por lençóis brancos, parecendo ser roupas, o que visto mais de perto se confirmou, pois ali despontava um colarinho de paletó em seu cabide, e acolá se estendia uma perna de calça. Abaixo havia um monte de sapatos, de homem e mulher, um em cima do outro, e diante da porta um enorme baú guarnecido de ferro com fechadura de cobre batido.

Carlsson puxou a cortina e abriu a janela para deixar sair a umidade e o cheiro de cânfora, pimenta e absinto que impregnavam o ar, pondo o gorro em cima da mesa foi logo explicando que dormiria muito bem ali, e quando a senhora demonstrou sua apreensão em relação ao incômodo do frio, ele se disse acostumado a dormir no frio, uma vantagem impossível na cozinha que era tão quente.

A senhora achou que estavam se precipitando e queria ao menos remover as roupas para que não pegassem cheiro de tabaco, mas Carlsson garantiu que ali não fumaria e sugeriu que as roupas permanecessem: ele não se incomodava e não queria que a patroa tivesse trabalho adicional por sua causa. Iria para a cama à noite e faria ele mesmo a cama antes de descer, de modo que ninguém mais entraria no quarto que ele sabia estar abarrotado de pertences aos quais a patroa dava muito valor.

Com a patroa já convencida, Carlsson subiu sua bagagem e seu cantil de aguardente, pendurando a camisa num prego junto à janela e pondo as botas ao lado dos outros pares de sapato.

Depois disso, solicitou uma conversa, na qual Gusten participaria, pois agora o trabalho seria divido e cada um ganharia seu posto.

Com certa dificuldade, Gusten foi localizado, admitindo por fim sentar-se um instante dentro da casa; mas ele não tomou parte nas negociações e respondia às perguntas somente com objeções, esquivando-se das dificuldades, e, em resumo, opondo-se a tudo.

Carlsson tentou conquistá-lo com elogios, assustá-lo

com seu conhecimento técnico, infundir respeito por sua experiência de mais velho, mas era como nadar contra a corrente. Por fim, todas as partes se cansaram e Gusten desapareceu antes que dessem conta.

Nisso a tarde caiu e o sol se pôs em meio à neblina, que logo se tornou mais densa e cobriu o céu com nuvenzinhas de plumas; o ar continuou morno. Carlsson saiu vagando pelo campo até chegar ao pasto dos bois; seguiu perambulando através das aveleiras em flor, que ainda não cobriam a vista por inteiro, e criavam um túnel que se estendida até a praia, onde comerciantes costumavam vir comprar lenha.

Ele parou de repente e pôde ver através dos arbustos Gusten e Norman, que se encontravam na clareira de uma encosta com espingardas em punho, atentos a tudo em redor.

— Silêncio, ele está chegando! — sussurrou Gusten, alto o suficiente para que Carlsson escutasse, e, acreditando ser ele o alvo, se escondesse nos arbustos.

Todavia uma ave voou vagarosamente sobre os jovens abetos, lerda feito uma coruja, com as asas pendentes, e logo em seguida veio mais outra.

O canto das aves cortou o ar, e depois o *pang! pang!* das duas espingardas, das quais saíram fumaça e saraivadas como rojões.

Os galhos das bétula se dobraram e uma galinhola caiu a uma certa distância de Carlsson.

Os caçadores correram atrás de sua presa, o que deu motivo para trocarem algumas palavras.

— Teve o que mereceu — disse Norman, manuseando o peito da ave ainda morna.

— Eu sei de alguém mais, que deveria receber o que merece! — disse Gusten, levado por outros pensamentos em meio à febre da caça. — Imagina que esse pilantra vai se instalar no quarto também!

— É verdade? — exclamou Norman.

— Isso mesmo, e agora haverá ordem na propriedade! Como se nós não soubéssemos muito melhor como organizar isto aqui. Mas é assim mesmo, vassoura nova varre melhor, pelo menos enquanto ainda está nova; mas ele não perde por esperar, vai ver só, o que vai lhe acontecer!

— E você ouviu ele dizer que a plantação de trevos pega seu alimento do ar?

— Sim, do ar; é do meu traseiro que ela pega o alimento!

E assim os dois sabichões davam risada, enquanto Carlsson rangia os dentes atrás dos arbustos.

— Ele que venha — continuou Gusten — eu não sou do tipo que se curva diante de um aproveitador desse! Deixe--o vir, para ver a dureza que será! Schhh... Lá vem mais um!

Os caçadores recarregaram suas armas e correram de volta para a encosta, enquanto Carlsson voltava para casa de mansinho, decidido a partir para o ataque tão logo tivesse tomado as devidas precauções.

De noite, após ter subido ao seu quarto, baixado a cortina e acendido a luz, ele se sentiu um pouco aflito por estar sozinho; e veio sobre ele um certo medo em relação às pessoas que ele acabara de deixar. Até então, sempre esteve acostumado a se sentir o dia inteiro como parte do rebanho, sempre pronto a ser chamado, sempre tendo acesso a um interlocutor quando era ele próprio quem queria falar. Agora fazia-se silêncio ao seu redor, tanto que por hábito ele esperou que alguém lhe falasse, ouvindo vozes onde não havia; e sua cabeça, que até o momento externava todos os pensamentos em voz alta, começou a se encher de um excesso inesperado de ideias em botão, que germinavam e eclodiam, querendo sair de qualquer forma, deixando um mal-estar no corpo, tanto que ele não conseguia se entregar ao descanso do sono.

Levantou-se e andou de meias para frente e para trás, entre a janela e a porta do quarto apertado, enquanto repassava todas as suas preocupações com o trabalho do dia seguinte; organizava as tarefas na cabeça, dividia-as; antecipava discordâncias, vencia obstáculos, e depois de uma hora assim trabalhando, ele tinha paz e descanso em sua mente, que parecia agora detalhada como um livro-caixa, no qual todos os cargos estavam em seus lugares e somados, para que num instante se pudesse entrever a situação.

Em seguida foi para a cama, e ao sentir-se só em meio aos lençóis limpos e frescos, sem o perigo de ser incomodado por alguém no decorrer da noite, sentiu-se mais dono de si mesmo, como se ele fosse uma muda que agora deitava suas próprias raízes depois de estar pronta para ser arrancada, deixar sua árvore-mãe e viver sua vida por conta própria, lutar por si própria, com grande esforço, mas também com grande alegria.

E assim ele caiu no sono rumo a mais uma segunda--feira da vida, e mais uma semana de trabalho.

Capítulo 3

EM QUE O CAPATAZ PÕE O TRUNFO NA MESA,

*torna-se senhor do terreiro
e derruba os jovens valentões*

As bremas se acasalavam na água, o zimbro despontava, as cerejeiras floresciam e Carlsson semeava o centeio da primavera onde se perdera plantação na geada do outono. Ele havia abatido seis vacas, comprara feno seco para as outras seis que, revigoradas, foram soltas na floresta; consertava e arrumava, trabalhava por dois e tinha uma capacidade de pôr as pessoas em ação que vencia qualquer resistência.

Nascido em uma fazenda em Värmland, de pais com pouca iniciativa, mostrou cedo uma definitiva aversão pelo trabalho braçal, compensada por uma incrível inventividade em se eximir dessa penosa "consequência do pecado original".

Movido por um desejo de ver e conhecer todas as formas de ocupação humana, o que o levava a não permanecer por muito tempo num lugar sem ter o que fazer, tão logo ele aprendia o que queria já procurava um novo campo de atividade, e dessa maneira havia passado do ofício de ferreiro para a agricultura, experimentado trabalhar como cavalariço, ficara atrás de balcão, foi jardineiro,

EM QUE O CAPATAZ PÕE O TRUNFO NA MESA

foguista, telheiro e por fim vendedor ambulante de livros. Durante todas essas transformações, ele mantivera um temperamento maleável e uma habilidade de lidar com todas as situações e todo tipo de pessoa: entendendo os seus desígnios, lendo os seus pensamentos, adivinhando suas intenções ocultas. Enfim, possuía uma capacidade acima das condições ao seu redor; e suas diversas habilidades o faziam mais competente para comandar e administrar do que obedecer a quem lhe era inferior, servindo de roda numa carruagem que ele na verdade deveria conduzir.

Alçado à sua nova posição por um acaso, logo se deu conta de que poderia ser de alguma utilidade, que era capaz de fazer render uma propriedade desvalida, que em breve seria admirado por isso e, por fim, se tornaria indispensável. Ele havia assim estabelecido um objetivo para seus esforços e a recompensa que o esperava numa posição mais elevada era uma firme esperança e uma força que o impelia. Era visível e inegável que ele trabalhava para os outros, mas ao mesmo tempo forjava sua própria felicidade, e ao pôr as coisas dessa maneira, só aparentemente estava dando seu tempo e sua força em proveito alheio, mostrando ser mais ajuizado que a maioria das pessoas, que bem gostariam de agir de modo semelhante, mas não eram capazes disso.

O maior empecilho no seu caminho era o filho da casa. Ele tinha a inclinação dos pescadores e caçadores pelo incerto, pelas surpresas, e uma decidida má vontade contra tudo que fosse ordenado e garantido. No seu entender, o cultivo da terra, na melhor das hipóteses, dava apenas o esperado; nada mais e, com frequência, bem menos. Ao se pescar com rede ou arrastão, num dia não se apanha nada,

STRINDBERG

mas no outro dez vezes mais do que o esperado. Quando se sai para caçar pardelas pode acontecer de se acertar uma foca; esperando-se a metade de um dia nas ilhotas para enganar os mergansos, pode aparecer um edredão na frente da espingarda; sempre haveria algo diverso do que se esperava. Uma vez que viera das classes superiores, no geral a caça ainda era considerada como um privilégio, uma ocupação mais distinta e viril que puxar o arado ou a carroça de estrume. Isso estava tão entranhado no povo, que não se podia convencer um moço qualquer a conduzir um par de bois, seja pela mansidão artificial destes animais, seja pelo fascínio que desde tempos imemoriais cercava os cavalos.

Outra pedra no caminho era Rundqvist. Ele na verdade era um velho maroto, que a seu modo tentara reconquistar o paraíso terrestre, livre do trabalho pesado e bem provido de sestas após o almoço e longas bebedeiras. Tanto por alegar saberes ocultos, quanto por uma admitida postura de zombar de tudo que fosse sério, particularmente o trabalho mais duro, e, em situações de mais aperto, por meio de uma fingida fraqueza espiritual e dores no corpo, acabava por atrair a compaixão dos seus iguais, ainda mais quando isso se traduzia num copo de café com aguardente ou meia libra de tabaco para mascar. De sorte que ele servia para castrar carneiros e porcos, achava-se capaz de procurar fontes de água com varinha de vedor e fazer com que as percas caíssem na rede; curava variados males menores nos outros, mas conservava os seus; previa bom tempo na lua nova quando já havia chovido a metade do mês e ofertava as moedas dos outros sob um penhasco na praia, quando os arenques teimavam em não aparecer.

EM QUE O CAPATAZ PÕE O TRUNFO NA MESA

Mas sabia também fazer várias maldades, dizia, como espalhar erva daninha no campo do vizinho, fazer com que as vacas parassem de dar leite, conhecia simpatias e coisas do gênero, o que cercava sua pessoa de certo temor, e todos preferiam tê-lo como amigo.

Saber de ferraria e carpintaria era o que realmente o tornara indispensável, mas sua capacidade de fazer tudo o que chamava a atenção elevava-o como um perigoso oponente para Carlsson, porque o que este fazia dentro do celeiro e nos campos não dava tanto na vista.

Assim restava Norman, um bom trabalhador, que tinha que ser conquistado da poderosa influência de Gusten e ser recuperado para o trabalho regular no campo.

Portanto, Carlsson tinha um bocado de trabalho duro pela frente e, além disso, precisava pôr em movimento um bom número de ardis, dignos de um chefe de estado, para poder chegar ao topo. De qualquer modo, ele era o mais esperto e por isso venceria.

Quanto a Gusten, ele não partiu para o ataque; deixando-o quieto depois de ter cooptado com favores seu aliado Norman. E isso não foi muito difícil, pois Gusten era, francamente, pouco generoso, e durante as aventuras das caçadas Norman era relegado aos remos, não podendo jamais dar o primeiro tiro. Quando lhe regalava com uma dose, Gusten tomava três em segredo, de modo que as vantagens oferecidas por Carlsson no aumento do salário, um par de meias, uma camisa e outras coisinhas, somado à sua influência crescente, que prometia mais do que a de Gusten que afundava, logo o conduziu à deserção. Com isso o prazer de caçar do filho da patroa se apagou um pouco, porque partir sozinho para o mar não era tão divertido; e na falta de companhia passou a permanecer junto aos outros no trabalho.

Rundqvist, ele domou com mais dificuldade, pois esse pangaré era ao mesmo tempo velho e tinhoso. Logo, porém, ele o tinha cercado.

Em vez de deixar uns trocados como oferenda às intempéries, Carlsson mandou consertarem os barcos e pôr linhas novas nas redes, e vejam, apanhavam mais arenques do que antes; e em vez de perambular com um ramo de sorveira, à procura de novas fontes, Carlsson tomou conta da velha fonte, limpando-a, construindo um parapeito de madeira e introduzindo lá uma bomba, fazendo assim com que o ramo de sorveira fosse parar no lixo; em vez de ficar fazendo rezas e fumegar as vacas, ele mandou escová-las e espalhar feno seco no estábulo. Se Rundqvist sabia forjar cravos de ferradura, Carlsson conseguia fazer pregos; se Rundqvist entalhava um rastelo, Carlsson construía cunha e charrua.

Quando Rundqvist se viu posto para baixo e jogado para fora de sua toca, tomou para si atividades vistosas. Começou a limpar a casa; livrava-se das coisas que as pessoas jogavam fora no depósito por preguiça ou desleixo durante o inverno; tomava conta das galinhas, do gato e pôs um trinco novo na porta.

— Rundqvist, tão bonitinho, sem dizer nada pôs um trinco novo naquela porta velha e quebrada — escutou Carlsson das moças na cozinha. — Sim, ele é mesmo bonzinho.

Carlsson, porém, estava no seu encalço como uma flecha, e assim, numa manhã o fogão tinha sido alvejado; em outra as tinas d'água estavam pintadas de verde e exi-

EM QUE O CAPATAZ PÕE O TRUNFO NA MESA

biam uma fita preta com coraçõezinhos brancos; a lenha foi posta sob uma cobertura que ele havia feito acima do depósito de madeira, atrás da despensa. Carlsson aprendera com seu inimigo que o poder estava na cozinha e conquistou-a em definitivo com a nova bomba na fonte, tornado-se então imbatível.

No entanto, Rundqvist era calejado e ardiloso, e numa noite de sábado pintou a casinha da latrina de vermelho gritante. Carlsson, que estava na espreita, ofereceu um quarto de garrafa de aguardente para Norman e durante a noite do domingo da Trindade a patroa escutou passos silenciosos ao redor da casa, mas estava muito sonolenta para se levantar, vendo só na manhã seguinte que toda a casa estava pintava de um vermelho reluzente, com os caixilhos das janelas e as biqueiras brancas! Rundqvist já não tinha mais forças, ainda mais na sua idade, para continuar uma luta de tal modo esgotante. Agora, todos riam do seu cômico refinamento de começar seus embelezamentos pela latrina, e Norman, traiçoeiro que era, fez uma piada que ficou famosa sobre Rundqvist que era mais ou menos assim: "Deve-se começar pelo lado mais importante", diz Rundqvist, "pinte primeiro a latrina". Este retirou-se, mas permaneceu de tocaia, para tentar uma vez ainda uma nova malandragem ou negociar uma paz proveitosa.

Gusten não interferiu, via tudo e aprovou as melhorias. "Vão sonhando", pensou, "eu virei depois para tomar o que é meu!".

Contudo, até então não houvera tempo para que o trabalho de Carlsson rendesse frutos aparentes, já que o dinheiro recebido pelas vacas, que tinha permanecido por dois dias na escrivaninha, causou uma impressão muito

boa no final das contas, mas logo se evaporou deixando o
vazio da saudade atrás de si.

Todavia, o auge do verão vinha chegando. Carlsson
tivera muito que fazer e pouco tempo para passear. Num
domingo à tarde, ele por fim saiu pelas redondezas. Dando
uma olhada ao seu redor, deu com os olhos no casarão, deserto com as cortinas cerradas. Como era curioso, foi em
sua direção e tentou empurrar a porta, que estava aberta.
Ele passou pelo vestíbulo e descobriu uma cozinha; seguiu
adiante e entrou numa sala grande, que tinha um ar realmente senhorial; cortinas brancas, uma cama imperial
com ornamentos de metal; um espelho com moldura dourada com entalhes e um cristal lapidado com facetas — isso
ele sabia que era coisa fina — sofá, escrivaninha, lareira
de azulejos, tudo exatamente como numa propriedade senhorial. E do outro lado do vestíbulo, uma sala do mesmo
tamanho com fogão, mesa de jantar, sofás, relógio de parede. Ele ficou tomado de espanto e admiração, que logo
se tornou em lástima e desprezo pela falta de tino admi-
nistrativo dos proprietários, quando viu que além de tudo
na casa havia dois quartos com várias camas feitas.

— Tsc, tsc, tsc... — pensou em voz alta —, tantas camas
e nenhum veranista.

Embriagado pela ideia do lucro vindouro, ele desceu
até a senhora e alertou-a para o desperdício de não se
alugar aquela casa durante o verão.

— Minha nossa, como se alguém viesse se hospedar
aqui! — afligiu-se ela.

— Como a senhora pode estar tão certa disso? Já tenta-
ram alugar? Já puseram um anúncio?

— Isso é jogar dinheiro fora! — opinou a senhora Flod.

EM QUE O CAPATAZ PÕE O TRUNFO NA MESA

— Pode até se tentar, mas aqui não vem nenhum banhista, tenho certeza — concluiu a velha, que cessara de acreditar em coisas boas.

Oito dias depois, chegou um distinto senhor que andou pela prado, examinando tudo ao seu redor. Ele se aproximou e sua chegada foi recebida apenas pelo cachorro, enquanto as pessoas guiadas pela rotina, timidez ou delicadeza, escondiam-se dentro da cozinha e pela casa, após terem anteriormente se amontoado do lado de fora, de boca aberta, observando o visitante. Assim que chegou à porta, Carlsson saiu, como se fosse o mais corajoso.

O recém-chegado havia lido um anúncio... "Ah! sim, é claro, é aqui mesmo!" E em seguida foi conduzido à casa maior. Ele estava bastante satisfeito e Carlsson prometia todas as melhorias, todas, apenas se o senhor se decidisse de imediato, pois eram tantos interessados e a estação já estava bem avançada. O visitante, que parecia estar enlevado pela beleza do lugar, apressou-se em fechar o negócio, e, depois de recíprocas perguntas indiscretas acerca de finanças e condições familiares, ele se foi.

Carlsson o seguiu até a porteira e correu depois para dentro da casa, onde na frente da senhora da casa e de seu filho mostrou sete cédulas de dez do banco central e uma cédula de cinco de um banco privado.

— Ah, mas é terrível tirar assim tanto dinheiro das pessoas — resmungou a velha.

Já Gusten achou bom; e pela primeira vez presenteou Carlsson com seu reconhecimento público, quando este contava como havia pressionado o homem com uma alusão a muitos interessados.

Dinheiro na mesa era o trunfo de Carlsson e ele falava

em tom ainda mais alto depois dessa proeza, na qual lhe servira sua experiência em negócios. Mas não era apenas o dinheiro do aluguel que caíra sobre eles, choveriam outras vantagens indiretas, que Carlsson esboçou em traços rápidos para os que o ouviam.

Poderiam vender peixe, leite, ovos, manteiga; e a lenha não se cortaria sozinha, para não falar nas encomendas em Dalarö, pelas quais cobrariam uma coroa cada. E poderiam pôr a venda um vitelo, um carneiro, uma galinha que já não dava mais ovo, batata e verduras. Ai, ai, ai — haveria tanto para se fazer e o senhor que viera parecia mesmo muito distinto.

No dia de São João chegaram as aguardadas galinhas dos ovos de ouro. Eram o senhor, sua esposa, uma filha de dezesseis anos e um filho de seis, além de duas criadas. O senhor era violinista da orquestra do rei, gozava de boa situação e era no mais um homem de paz, já havia passado dos quarenta. Era alemão de nascença e tinha um pouco de dificuldade para compreender os ilhéus, por isso limitava-se a balançar a cabeça em consentimento e dizer "maravilha" para tudo que diziam, com o que logo ganhou a reputação de ser muito bondoso. A esposa era uma mulher correta e cuidava do seu lar e de seus filhos. Com uma conduta digna sabia manter as criadas obedientes, sem precisar fazer uma tempestade ou ter que lançar mão de propinas.

Como Carlsson era o menos tímido e mais falante dos locais, tomou logo conta dos visitantes, ainda mais por julgar que tinha esse direito, já que havia sido ele quem os trouxera, e ninguém no lugar tinha a sua disponibilidade nem a simpatia para tomar-lhe essa função. Contudo, a

EM QUE O CAPATAZ PÕE O TRUNFO NA MESA

chegada dos citadinos não deixou de exercer sua influência sob os costumes e as mentes dos nativos em geral. Viam diariamente pessoas com roupas domingueiras, para as quais todos os dias eram um feriado, flanando, remando sem motivo, pescando sem se importar em apanhar um peixe, nadando, fazendo música, passando o tempo sem nenhuma preocupação, como se não houvesse trabalho no mundo. De início isso não despertou nenhuma inveja, somente espanto pela vida poder tomar essa forma. Admiravam-se de pessoas que conseguiam levar uma existência tão agradável, tão calma, tão limpa e acima de tudo bela, sem que se pudesse dizer que foram injustas ou que tivessem explorado os pobres. Sem perceberem, de mansinho, os moradores de Hemsö se viram sonhando, lançando demorados olhares furtivos para o casarão; se entreviam um vestido claro de verão nos prados, paravam e deleitavam-se diante da imagem como na frente de uma obra de arte; se reparavam em um chapéu de palha italiano com véu, uma fita vermelha ao redor de uma cintura esbelta, num barco na enseada entre os abetos da floresta, ficavam silenciosos e cheios de devoção, cheios de saudade de uma coisa que não conheciam, que não ousavam pedir, mas que os atraía.

A conversa e o burburinho da cozinha e da casa assumiram um caráter mais tranquilo; Carlsson aparecia sempre de camisa branca, limpa, e usava um boné azul, adquirindo aos poucos um ar de inspetor; tinha lápis no bolso da frente ou atrás da orelha e fumava constantemente um pequeno charuto.

Gusten, por outro lado, ficou retraído, escondendo-se ao máximo para evitar ser objeto de comparação; no geral falava dos citadinos com acrimônia, precisava mais do que antes se lembrar e mencionar o dinheiro no banco, além de fazer longos desvios para passar pelo casarão e os claros vestidos.

Rundqvist permanecia com ar lúgubre e na maior parte do tempo se escondia na ferraria, dizendo que não se importava uma pinoia, nem que a rainha tivesse chegado, enquanto Norman achou seu chapéu de recruta, aparecendo com cinturão sobre a camisa e dando voltas em torno da fonte, onde as criadas dos inquilinos costumavam ir pelas manhãs e ao anoitecer.

Era pior para Clara e Lotten, que logo viram todos os homens infamemente sucumbindo às criadas dos inquilinos, intituladas "senhoritas" nas cartas que recebiam, além de usarem chapéu quando iam de barco para Dalarö. Enquanto isso, as moças da ilha tinham que andar descalças, pois não queriam expor suas botas à sujeira do celeiro e arruiná-las de vez, além de estar quente demais no campo e na cozinha para se andar calçado. Usavam seus vestidos desbotados e, por conta do suor, da sujeira e do debulho, não podiam nem ao menos uma vez usar fita branca, e Clara, que fez uma tentativa com mangas de renda, se deu mal e foi logo descoberta e castigada com incessantes piadas sobre sua audácia em competir. Mas aos domingos, recuperavam-se da derrota manifestando uma vontade de ir à igreja, como não se via há anos, só para poder vestir suas melhores roupas.

Carlsson ia sempre visitar o professor, perguntando se estava tudo em ordem, e aparecia com frequência na varanda quando alguém lá estava, para perguntar da saúde, prever bom tempo, propor passeios, dar conselhos e dicas de pesca, e, vez ou outra, aceitar um copo de cerveja ou

EM QUE O CAPATAZ PÕE O TRUNFO NA MESA

conhaque, tornando-o logo objeto de acusações a meia-voz de que estava filando comida.

No sábado, quando foi o dia de levar a criada da família para fazer compras em Dalarö, surgiu uma disputa sobre quem a levaria. Carlsson resolveu a questão de pronto ao seu favor, porque a pequena, de cabelos pretos e louvada pela brancura de sua tez, o tinha tocado profundamente; e quando a patroa se opôs que Carlsson fosse, sendo ele o mais importante empregado e administrador da fazenda, não podendo se ocupar de pequenos serviços, Carlsson respondeu dizendo que o professor em pessoa pediu que ele fosse, pois cartas importantes tinham que ser levadas ao correio. Gusten, que mesmo tentando esconder, estava desejoso de fazer o serviço, considerou que podia muito bem levar as cartas em mãos, ao que Carlsson explicou decidido que estava fora de questão se permitir ao dono da fazenda cumprir obrigações de criado, o que poderia depois gerar comentários. E assim se decidiu.

Fazer as compras em Dalarö não deixava de ter suas vantagens, o que o astuto capataz já tinha previsto. Primeiramente, a de se poder ver o mar ao lado de uma moça e jogar conversa fora sem ser importunado; depois vinham as refeições por conta e as gorjetas; e em Dalarö teria a oportunidade de estabelecer boas relações com os comerciantes ao trazer uma cliente nova, o que sempre se traduzia em tapinhas nas costas, um trago aqui, um charuto ali, além de trazer um brilho novo à sua reputação, por tomar conta dos assuntos do professor e andar bem vestido em dia de semana na companhia de uma senhorita de Estocolmo.

Contudo, as idas para Dalarö só aconteciam uma vez por semana e não era um empecilho ao bom andar do trabalho, pois Carlsson era cuidadoso o bastante para nos dias em que estava ausente mandar os rapazes para trabalhar por empreitada, para que abrissem tantas braças de fossos, que arassem tal parte dos campos, que derrubassem tantas árvores, para que depois estivessem dispensados, o que eles aceitavam de bom grado, pois dessa maneira podiam estar livres já de tardinha. Nessas ocasiões, quando o trabalho era calculado e tudo que tinha sido feito examinado, o lápis e o recém-introduzido caderno de anotações passaram a ser respeitados e Carlsson se acostumou a atuar como inspetor, conseguindo aos poucos que o trabalho recaísse sobre os ombros dos outros. Ao mesmo tempo, acomodou--se no sótão como num quarto de solteiro. Desde muito que começara a fumar lá dentro e na mesa junto à janela ele arrumara um pequeno tinteiro, caneta, lápis e algumas folhas de papel de carta, mais um candelabro e um cinzeiro, fazendo-a parecer mesmo uma escrivaninha. A janela dava para a casa maior, onde ele permanecia nos momentos de pausa, observando os movimentos dos inquilinos e exibindo a sua capacidade de escrever. Às tardes ele abria a janela, apoiava o cotovelo no peitoril e ficava ali soltando baforadas do seu cachimbo ou de um toco de charuto que guardara no bolso do paletó, enquanto lia um semanário, o que lhe dava uma aparência, visto de baixo, de ser realmente o patrão da fazenda.

Quando escurecia, ele acendia a luz e se deitava na cama fumando. Era então que vinham os sonhos, ou melhor dizendo, os planos, construídos sob circunstâncias ainda não ocorridas, mas que poderiam se tornar realidade apenas com um pouco de boa sorte.

Uma noite, quando estava assim deitado, soltando

baforadas do seu cachimbo para espantar os mosquitos, seus olhos se detiveram no lençol branco, que encobria as roupas, e que de repente se desprendeu e caiu. Como a sombra de uma fileira de soldados viu todo o guarda-roupa do falecido senhor Flod marchar ao flanco da parede: até a janela e de volta à porta, conforme a brisa fazia tremeluzir a chama da lâmpada, dando-lhe a impressão de ver o defunto em todos os vultos que os trajes delineavam no papel de parede quadriculado. Num momento passava de paletó azul de lã e calças de bombazina, que ele usara quando se sentava ao leme junto ao viveiro, quando velejara até a cidade levando peixe, depois se sentando junto ao mastro do parque da cidade bebendo *toddy*[1] com os comerciantes de peixe; noutro vinha vestido com sobretudo preto, calças longas e folgadas, como o outro se vestira para as funções da igreja, casamentos, enterros e batizados. Agora punha uma camisa de couro de carneiro escura, que ele usara no outono e na primavera, quando puxava rede na praia; logo depois exibia um grande casaco de pele de foca que conservava ainda manchas da festa do Natal, com respingos de vinho quente. Uma cinta de viagem tricotada com fios de lã verde, amarelo e vermelho serpenteava pelo chão como uma grande cobra do mar com a cabeça enfiada num cano de bota.

Carlsson se sentiu mais aquecido por dentro da camisa, quando se imaginou vestido com as confortáveis peles, macias como seda, vendo-se conduzido num trenó sobre o gelo, com um gorro despretensioso, indo visitar

---

[1]Bebida alcoólica, servida quente, em cuja composição entram variados ingredientes: destilados, água, açúcar e especiarias.

os vizinhos, que recebiam convidados para o Natal com fogueiras na praia e tiros de espingarda para o alto, e assim, entrando na casa aquecida, retirando o sobretudo e aparecendo de casaca, saudado pelo pastor com familiaridade e convidado a sentar-se no lugar mais importante, na cabeceira da mesa, enquanto os criados esperavam à porta ou se acotovelavam à janela.

As imagens das desejadas honrarias se tornaram tão vívidas que Carlsson se pôs de pé e antes que percebesse, já havia se metido no casaco de pele e passava a mão sobre suas mangas; seu corpo fremia com as cócegas que a gola lhe fazia na bochecha. Em seguida vestiu o sobretudo e o abotoou; pôs seu espelho de barbear na cadeira e examinou como o casaco lhe caía nas costas; deixou as mãos em frente à lapela e andou pela sala. Um sentimento de riqueza espalhou-se das roupas acetinadas; algo folgazão, muito sobranceiro; a aba do sobretudo abriu-se quando ele se sentou na ponta da cama, fazendo de conta que estava visitando alguém.

Enquanto estava sentado desse modo, tomado por sonhos inebriantes, escutou vozes alegres de fora, e quando prestou atenção, percebeu a voz de Ida — que era a bela cozinheira — e a voz de Norman se entrelaçarem, caírem uma sob a outra, lado a lado como se estivessem se beijando. Aquilo lhe foi como uma aguilhoada e num instante ele tinha devolvido o sobretudo e o casaco de pele para seus cabides atrás do lençol. Armando-se com um charuto recém-aceso, ele desceu pela escada.

Como estava tão ocupado com importantes planos para o futuro, Carlsson tinha até então evitado se envolver com as moças, pois sabia quanto tempo era preciso destinar

EM QUE O CAPATAZ PÕE O TRUNFO NA MESA

a tais afazeres, e bem consciente de que, no instante que partisse para o combate nessa direção, não poderia estar seguro de não oferecer um ponto vulnerável, difícil de defender, sabendo ainda que se fosse atacado nesse terreno, seria o fim da sua reputação e autoridade.

Mas agora que estavam competindo pela aclamada beldade, que era um prêmio considerável a se ganhar, sentiu-se instado a mostrar as garras e cantar de galo no terreiro. Ele foi até a ribanceira, onde o jogo já estava bem adiantado. O que lhe pareceu irritante foi ter que se medir logo com Norman; se ao menos fosse o Gusten; mas aquele insignificante Norman! Ah, ele ia ver!

— Boa tarde, Ida! — começou, ignorando seu rival, que deixou seu lugar na cerca com má vontade, logo ocupado por Carlsson.

E assim se meteu no jogo, utilizando-se de sua lábia superior, enquanto Ida ia enchendo com gravetos o cesto de lenha, e deste modo Norman ficou fora da conversa. Ida, no entanto, era inconstante como a Lua e às vezes dirigia algumas palavras para Norman, que Carlsson tomava para si, as devolvendo de forma ornamentada e empolada. Mas a bela, que se divertia com a disputa, pediu para que Norman lhe cortasse alguns gravetos, e antes que o felizardo pudesse dar a volta na cerca, Carlsson já havia pulado sobre a grade afiada, puxado seu canivete e partido um galho seco de abeto em gravetos; e num par de minutos encheu o cesto de gravetos, carregando-o com o dedo mindinho direto para a cozinha, seguido por Ida, e lá permaneceu junto à porta, estirando o corpo para não deixar ninguém entrar ou sair. E Norman, que não conseguiu achar nada para fazer, deu algumas voltas em torno da ribanceira, pensando com melancolia na fácil ascensão daquele sem-vergonha, até que achou por bem ir até a fonte e dar vazão a suas mágoas com um *schottisch*, que ele puxou do acordeom.

As lânguidas notas das palhetas do acordeom cortaram o ar pesado da tardinha, atravessando a porta e atingindo o trono da misericórdia junto ao fogão da cozinha, pois Ida lembrou-se nesse instante de que precisava ir à fonte buscar água para o professor. Carlsson foi junto, dessa vez um tanto inseguro com o combate que se travaria num campo que lhe era completamente estranho. Para tentar desfazer esse "canto de sereia", ele se pôs a carregar o cantil de cobre de Ida, sussurrando gentilezas à moça com voz macia, na tessitura mais acariciante e sonora que pudesse, como que pondo letra na melodia sedutora e transformando o solo num mero acompanhamento, mas assim que chegaram à fonte, escutou-se a voz da patroa chamando da casa. Ela chamava Carlsson, e pelo tom de voz apercebia-se que era coisa urgente. Este, primeiro ficou com raiva e pensou em não responder, mas eis que Norman foi tomado por um espírito maligno e com voz esganiçada ele gritou:

— Aqui, patroa! Ele já vai!

E desejando mil vezes o inferno para o falso sanfoneiro, o conquistador teve que se arrancar dos braços do amor e deixar sua presa quase vencida para o mais fraco, que só podia agradecer ao acaso pela sua sorte.

A patroa chamou-o mais uma vez, e com a voz mal--humorada Carlsson respondeu que já estava indo o mais rápido que podia.

— Carlsson, queira entrar, vamos tomar um cafezinho

EM QUE O CAPATAZ PÕE O TRUNFO NA MESA

— disse a velha recebendo-o no vestíbulo, cobrindo os olhos com a mão para enxergar contra a luz suave do crepúsculo de verão para saber se ele vinha sozinho.

Carlsson, que em outras circunstâncias teria adorado tomar um cafezinho, nesse momento não queria saber de café nem aguardente, mas não tinha como recusar. Acompanhado pelo som provocador e triunfante da "Marcha de Caçador de Norrköping", que o bem aventurado Norman puxava do fole, ele teve que entrar na casa. A senhora Flod estava mais amável do que o normal, já Carlsson achou-a mais velha e feia do que o normal; e quanto mais gentil ela ficava, mais carrancudo ele ficava, o que por fim deixou a velha quase terna.

— Pois sim, Carlsson — começou ela, enquanto servia o café — é que na semana que vem vamos convidar as pessoas para ceifar os campos e por isso queria lhe falar primeiro.

Nesse instante o acordeom se calou em meio aos acordes lânguidos do trio e Carlsson ficou petrificado e ausente, mastigando algumas palavras secas sem muito sentido:

— Ah é, isso mesmo, semana que vem temos que ceifar!

— Então eu queria — continuou a senhora — que o senhor fosse no sábado com a Clara para convidar as pessoas; isso também para que o senhor saísse um pouco e fizesse umas visitas, para se fazer mais presente, o que é sempre bom.

— Sim, mas no sábado eu não posso — respondeu Carlsson com brusquidão —, porque vou até Dalarö a serviço do professor.

— Ao menos uma vez Norman poderia fazer a encomenda — replicou a senhora Flod virando as costas para o capataz, evitando olhar em seu rosto.

Foi quando se escutou o acordeom soltando doces frases, entremeadas por pausas, que pareciam se distanciar e esmorecer noite adentro, onde o passarinho noitibó zumbia como se estivesse na roca a fiar.

Carlsson suando o suor da morte, engoliu seu café com aguardente. Sentia pontadas no peito, a cabeça lhe enevoava e uma fraqueza tomou conta de seus nervos.

— Norman, não — instou ele — Norman não consegue cumprir com todas as exigências do professor, e... e... ele não é confiável.

— Mas eu perguntei ao professor — interrompeu a senhora — e ele disse não precisar de nada neste sábado.

Estava acabado para Carlsson; a patroa o havia apanhado feito um camundongo e não havia mais nenhum buraco por onde escapar.

Seus pensamentos estavam em outro lugar, tanto que nem podia oferecer resistência. Isso a senhora Flod percebeu, e aproveitou a situação para enredar o infeliz.

— Escute, Carlsson — disse ela — espero que você não se ofenda, se você me permitir lhe dizer uma coisa, que é para o seu bem.

— Com os diabos, patroa, a senhora pode falar o que quiser, agora não faz mais diferença — exclamou Carlsson, ouvindo os sons ternos do acordeom soando ao longe e desaparecendo nos prados.

— Só queria dizer que você devia deixar de flertar com as moças, que no final isso só traz confusão; sim, eu sei como é, eu entendo disso; e falo para o seu próprio bem, Carlsson. Essas moças da cidade têm sempre um batalhão de rapazes atrás de si, que para conseguirem alguma coisa

EM QUE O CAPATAZ PÕE O TRUNFO NA MESA

têm que fazer uma vontade aqui, uma criancice ali... se elas vão ao bosque com um, vão para o prado com outro, e quando algo dá errado, escolhem aquele que é mais bobo para sustentá-las. Mas é assim mesmo.

— Que seja, para o inferno com o que os moços fazem.

— Não fique assim — consolou a senhora Flod. — Se um moço como o senhor pensar em se casar, não vai correr atrás de coquetes e coisa parecida; aqui no arquipélago tem muita moça de boa família, posso lhe dizer, e se o senhor for ajuizado e conduzir bem seus afazeres, vai conseguir tudo que deseja, antes do que imagina. Por isso o senhor não deve ser teimoso, mas fazer o que lhe digo, quando lhe pedi para ir convidar as pessoas para a ceifa. Lembre-se que eu não iria pedir para qualquer um fazer visitas em nome da fazenda, e mesmo sabendo que meu filho vai se opor, não me importo, porque quando tenho alguém do meu lado, dou o meu apoio, pode acreditar.

Carlsson começou a se acalmar, pressentindo que seria vantajoso poder falar em nome da propriedade; mas estava ainda muito irritado para querer trocar sua paixão por uma coisa incerta e sentia necessidade de ter uma contrapartida, antes de se deixar convencer.

— Eu não posso ir desse jeito, sem ter roupas apropriadas — tentou ele para cima da patroa.

— Não acho que o senhor esteja tão mal quanto a isso — disse a senhora Flod —, mas se for só isso, podemos arranjar uma solução.

Carlsson não quis continuar naquela direção, em vez disso decidiu trocar a promessa deixada pela metade por outra, conseguindo depois de vários argumentos que Norman, imprescindível no trabalho de afiar as foices e na

reforma do paiol, ficasse em casa, enquanto Lotten faria
as compras em Dalarö.

***

Eram três horas da manhã num dia do começo de julho.[2] Já escapava fumaça da chaminé, e a cafeteira estava
ao fogo; todos já estavam de pé e ao longo da ribanceira
havia uma longa mesa posta para o café. Os convidados
para a ceifa, que haviam chegado na noite anterior, dor-
miram nos sótãos do celeiro e da estrebaria, e doze rapazes
imponentes das ilhas vizinhas, vestidos de camisa branca e
de chapéu de palha, estavam em grupos do lado de fora da
casa armados de foices e amoladeiras. Estavam Åvassan e
Svinnockarn, já velhos com as costas emborcadas de tanto
remar; Aspön com sua barba de guerreiro, uma cabeça
mais alta do que todos os outros e com seus olhos profun-
dos e tristes da solidão do mar, de tristezas sem nome e
sem queixas; Fjällångarn, anguloso e retorcido feito um
pinheiro-anão crescido no mais longínquo dos escolhos;
Fiversätraön, magro, curtido, vívido e seco feito um filtro
de café de pele de peixe; os de Kvarnö, reputados constru-
tores de barco; os de Långviksskär, os melhores caçadores
de foca, o camponês de Arnö com seus filhos. E ao redor
deles, as moças andavam com passos leves trajando blusas
de linho, com xales no colo, vestidos claros de algodão e
com lenços na cabeça; elas tinham trazido cada uma seu
ancinho, recém-pintados com as cores do arco-íris, e elas

[2]Durante o verão escandinavo, as noites se encurtam, chegando
a desaparecer acima do círculo polar, no fenômeno chamado "sol da
meia noite". Portanto, à essa hora, onde se passa a história, o sol já
raiara.

EM QUE O CAPATAZ PÕE O TRUNFO NA MESA

pareciam mais estar indo para uma festa do que para o trabalho. Os velhos as abraçavam pela cintura e conversavam com familiaridade, já os rapazes, a essa hora ainda mantinham distância, esperando o lusco-fusco da noite, a dança e a música para os jogos de amor. O sol já havia despertado fazia quinze minutos, mas ainda não ultrapassara o topo dos pinheiros para lamber o orvalho da grama; que se estendia feito um espelho, engastado pelo pálido junco esverdeado da enseada, onde os filhotes de pato piavam em meio às grasnadas dos mais velhos. Lá embaixo, gaivotas velejantes, grandes, de asas largas, brancas como a neve, como os anjos de gesso da igreja, pescavam abletes; num grande carvalho as pegas acordaram fazendo uma algazarra e bisbilhotando sobre o tanto de pessoas que viram ao redor da casa; o cuco cantava no prado, exasperado, furioso, pois a estação do desejo estava se findando com a iminente aparição dos feixes de feno; o codornizão gorjeava no campo de centeio; e na ribanceira o cachorro corria e se alegrava por reencontrar velhos conhecidos. A luz do sol brilhava nas mangas de camisas e nas fitas de linho, espalhando-se sobre a mesa com o café, onde xícaras e travessas, copos e jarras tilintavam no decorrer da refeição.

Gusten, em geral tímido, fazia as vezes de anfitrião, e sentindo-se seguro em meio aos amigos de seu pai, pôs Carlsson de lado, servindo ele próprio a aguardente. Mas Carlsson já os conhecia das visitas que fizera para convidá--los e se sentia em casa como um agregado mais velho, não se fazendo de rogado. Com dez anos a mais que Gusten, com uma aparência mais madura e viril, era fácil deixar o rapaz em posição de desvantagem, que sempre seria uma criança aos olhos dos homens que foram próximos de seu pai.

Assim tomaram café, com o sol se levantando no céu, e os veteranos se puseram em movimento rumo à campina com foices nos ombros, seguidos pelos mais jovens e pelo grupo de moças.

O mato estava na altura da coxa e encrespado como um pelame, tanto que Carlsson teve que explicar para os recém-chegados sobre o recente manejo da campina; de como ele mandara capinar as folhas e ervas do ano anterior, como ele aplainara as tocas de toupeira, semeara nas manchas de geada e espalhara adubo líquido sobre a terra. Em seguida, delegou funções como um capitão à sua tropa, deu posições de honra para os mais velhos e respeitáveis e tomou seu posto na retaguarda para que ele não sumisse dentro da turba. E a batalha teve início: duas dúzias de homens em camisa branca, dispostos em cunha feito cisnes migrando no outono, com as foices varrendo de canela a canela, vindo atrás as moças com seus ancinhos, espalhadas feito uma revoada de andorinhas, inesperadamente se afastando, se aproximando, e se mantendo mesmo assim unidas, cada uma seguindo um rapaz que ceifava.

As foices sibilavam e as ervas orvalhadas caíam aos montes; e lado a lado jaziam todas as flores do verão, que ousaram sair da floresta e dos campos: margarida, cizirão, flor-de-fel, aljofareira, erva-coalheira, cerefólio, cravina, trigo-de-vaca, ervilhaca, petasite, trevos e todas as ervas do campo; e no ar se espalhava um cheiro doce de mel e especiarias, abelhas e zangões fugiam em enxames do bando assassino, as toupeiras enfiavam-se nas entranhas da terra

EM QUE O CAPATAZ PÕE O TRUNFO NA MESA

quando escutavam como ribombava em seus tetos frágeis; a cobra-d'água precipitou-se amedrontada para a represa e atirou-se num buraco feito uma ponta de escota; acima do campo ceifado esvoaçava um par de cotovias, cujo ninho havia sido pisado por uma sola de sapato; estorninhos seguiam a tropa com passinhos curtos, ciscando todo tipo de bichinho que agora aparecia à luz do sol abrasador.

A primeira batalha estendeu-se até a borda do campo semeado e agora os guerreiros paravam, apoiando-se nos cabos de suas foices, admirando a obra de devastação que tinham deixado para trás, secando o suor debaixo dos chapéus, e se servindo de uma nova dose de fumo de mascar que traziam em caixinhas de latão, enquanto as moças se apressavam para alcançar a linha de frente.

E então eles dispararam novamente, em meio a um mar esverdeado de flores, em ondas matizadas ao sabor da crescente brisa da manhã, que ainda exibia uma gama de cores brilhantes, enquanto os firmes caules das flores e suas copas despontavam das doces ondas de ervas, protegendo-se das lufadas de vento e se espraiando num verde liso como um mar em calmaria.

Paira sobre o trabalho um ar de festa e competição, e prefere-se cair por terra a largar da foice. Carlsson consegue que a criada do professor, Ida, seja a sua ajudante ao ancinho, e como ele segue por último na ceifa, pode dirigir algumas palavras a ela sem se expor ao perigo; já Norman ele o mantém à frente, na diagonal, sob um severo controle, e logo que este ensaia um olhar enlevado a sudeste, Carlsson mantém a foice no seu encalço e ouve um aviso vindo de trás, mais inamistoso que bem intencionado: "Você aí, cuidado com a canela!".

STRINDBERG

Às oito horas o prado ao redor da fonte já parece um campo arado, liso como uma mão e com grama em longas fileiras; agora admiram e inspecionam a ceifa, e Rundqvist recebe o pior julgamento, já que se pode ver onde ele tinha ceifado, parecendo que por ali tinham passado elfos dançando. Rundqvist porém se defende dizendo que não conseguiu tirar os olhos da moça que lhe coube, pois que não era todo dia que ele tinha uma moça correndo atrás de si.

Nesse momento, Clara grita de cima anunciando o almoço; a garrafa de aguardente brilha ao sol e o jarro de refresco está posto; as batatas cozidas fumegam nas travessas, os arenques embaçam as tigelas, a manteiga está disposta, o pão fatiado; os tragos são entornados e o almoço começa.

Carlsson recebeu elogios e está embevecido da vitória; Ida também lhe concede seus favores e ele a corteja com uma atenção visível, mesmo porque é a mais bela presente. A senhora Flod, que se apressa para cá e para lá com travessas e pratos, passa amiúde próximo deles, o suficiente para atrair a atenção de Ida, mas não a de Carlsson, até que ela o cutuca com o cotovelo e cochicha:

— Carlsson, o senhor também é anfitrião e deve ajudar Gusten; aqui é como se fosse a sua casa!

Carlsson só tem olhos e ouvidos para Ida e responde à patroa com uma graça. Mas eis que chega Lina, a babá da família do professor, e lembra Ida de que ela deve voltar e arrumar a casa. Os homens se queixam e fazem um alvoroço, já as moças aparentam entristecer-se apenas o suficiente.

— Eu vou ficar sem uma moça para recolher a palha

atrás de mim? — exclama Carlsson, afetando embaraço para ocultar sua indignação.

— A patroa não pode fazer isso? — responde Rundqvist, que diziam ter olhos nas costas.

— A patroa vai ajudar! — gritam os rapazes em coro. — Tragam um ancinho para a patroa!

A senhora Flod se esquiva atrás do avental:

— Jesus, uma velha no meio das moças! Não, de jeito nenhum, jamais! Ah, vocês são loucos!

Quanto mais se opunha, mais a queriam na ceifa.

— Leve a coroa — sussurra Rundqvist a Carlsson, enquanto Norman incentiva-o, e Gusten se põe sombrio feito a noite.

Não havia escolha, e debaixo de risadas e gritos Carlsson corre para dentro da casa à procura do ancinho da patroa, escondido em algum lugar do sótão; com esta lhe gritando atrás:

— Não, pelo amor de Deus, ele não pode ir lá e mexer nas minhas coisas! — E assim os dois desaparecem por entre comentários jocosos dos que permaneceram embaixo.

— Parece-me — diz Rundqvist, quebrando o silêncio que se seguiu —, parece-me que eles estão demorando demais! Vá lá e veja o que aconteceu, Norman.

A retumbante aclamação geral encoraja-o a prosseguir:

— O que será que eles estão fazendo lá em cima? Não, isso não pode continuar; assim eu fico preocupado, alguém pode me dizer o que está acontecendo? — Gusten ficou com os lábios levemente azulados, obrigando-se a rir para acompanhar os outros.

— Deus me perdoe — continuou Rundqvist no mesmo tom —, mas não aguento mais, se me dão licença, vou lá ver o que estão fazendo.

Nesse instante, Carlsson e a patroa saem pela porta do vestíbulo portando o ancinho que tanto procuravam. Era uma ferramenta vistosa, com dois corações pintados, além de um "anno 1852", tendo sido outrora seu ancinho de noiva, que ninguém menos que Flod havia manufaturado, e que tinha ervilhas secas dentro da ponta do cabo, para servirem de guizo. A lembrança das alegrias do passado infundiu na senhora Flod um novo ânimo, e sem nenhum traço de sentimentalismo exagerado apontou para a data, e disse:

— Não foi ontem que Flod fez esse ancinho...

— E que você teve sua lua-de-mel, patroa — completou Svinnockarn.

— Pode muito bem ter outra! — disse Åvassan.

— Duas coisas em que não me fio: leitão de seis semanas e viúva há dois anos — opinou Fjällångarn.

— Quanto mais seca a palha, mais fogo ela pega! — provocou Fiversätraön.

E cada um punha mais lenha na fogueira, e a senhora apenas sorria e se esquivava, mantendo uma expressão boa no rosto e fazendo brincadeiras também, porque não valia a pena se aborrecer.

E assim desceram para ceifar a turfa, onde a cárex e a cavalinha vicejavam como uma floresta, e a água chegava até o cano das botas dos homens. As moças, no entanto, penduraram suas meias e sapatos na cerca.

E a viúva seguia com seu ancinho, atrás de Carlsson e

EM QUE O CAPATAZ PÕE O TRUNFO NA MESA

à frente das outras; e inúmeras piadas caíram por sobre os dois jovenzinhos, como estavam sendo chamados.

Veio a tarde e veio a noite. O violinista tomou seu lugar, o celeiro foi arrumado e varrido e a madeira lambuzada de piche para não soltar farpas. E quando o sol se pôs, começou a dança.

Carlsson abriu o baile com Ida, que trajava um vestido preto com decote quadrado, com franja branca e colarinho à Maria Stuart, distinguindo-se entre as moças do lugar como uma dama invejada, despertando temor e arrepios nos mais velhos, e desejo nos rapazes.

Carlsson era o único que sabia a nova valsa, e por isso Ida preferia dançar com ele repetidas vezes, depois de uma tentativa frustrada de dançar uma valsa de três passos com Norman, ao que este, derrotado pelo seu rival, teve a infeliz ideia de apelar para o acordeom, tanto para verter as mágoas do seu coração como para tentar uma última armadilha para aprisionar aquela ave esplêndida e volúvel, que acreditava ter nas mãos algumas semanas antes, mas que logo mudou de ideia e agora beijava outro. Carlsson, no entanto, achava que o acompanhamento era desnecessário, ainda mais por ter contratado um músico de verdade, e o acordeom pesaroso realmente não seguia o passo do ágil violino, pelo contrário, atrasava-lhe o compasso e desordenava a dança. Instigado por uma boa oportunidade de embaraçar seu rival, e como frases sobre a improcedência do acordeom pareciam estar na ponta da língua de todos ao redor, Carlsson encheu a voz e gritou bem no meio do celeiro para o amante infeliz, encolhido no seu canto:

— Ei! Largue aí esse saco de couro, e vá la fora esvaziar seus ventos, já que parece estar tão inflado deles!

STRINDBERG

A concordância geral caiu em cheio sobre o desgraçado sob a forma de risadas de escárnio, mas a bebida já subira à cabeça de Norman, e encantado de tal maneira pelo decote de Ida que lhe veio uma força inaudita, ele não se sentia nem um pouco inclinado a recuar do desafio.

— Ei! — gritou imitando Carlsson, que havia deixado escapar seu sotaque, sempre ridículo para os suecos de Uppland. — Vamos lá para a ribanceira, pois hoje vou dar uma coça num porco!

Carlsson não julgou a situação tão ameaçadora, a ponto de partir para os punhos, e se manteve ainda na região mais inofensiva das provocações.

— E que porco tão notável é esse, que está merecendo uma coça?

— É um porco da província de Värmland, isso eu posso dizer! — respondeu Norman.

Ferido no seu orgulho regional, e ainda procurando no último instante uma ofensa que não lhe veio à mente, Carlsson foi para cima do inimigo, pegou-o pelo colete e o arrastou até a ribanceira.

As moças se posicionaram ao redor da porta para assistir à contenda e não ocorreu a ninguém se interpor entre os dois.

Norman era baixo e atarracado, Carlsson, porém, era mais firme e maduro. Ele tirou o paletó, a que dava muito valor, e os lutadores se atracaram; Norman com a cabeça atrás da guarda, como aprendera com os timoneiros; mas Carlsson o agarrou, desferindo-lhe um chute bem feio no meio de suas pernas, e Norman se enrolou todo feito um porco-espinho, caindo sobre um monte de esterco.

EM QUE O CAPATAZ PÕE O TRUNFO NA MESA

— Seu pilantra! — gritou, impedido de se defender com os punhos.

Carlsson espumava de raiva, e procurando em vão um palavrão para responder, pôs-se de joelhos sobre o peito do oponente abatido, estapeando-lhe, enquanto este cuspia e mordia, sendo por fim calado com um punhado de palha na boca.

— Agora eu vou lavar sua boca! — Gritou Carlsson, pegando um monte de feno misturado ao esterco, esfregou-o na cara de Norman até que o nariz deste começou a sangrar. Mas assim que Norman ficou com a boca desimpedida, deu vazão a todo o seu ódio, jogando todo o seu vocabulário de ofensas na cara do vencedor, que não conseguia por nada dobrar a língua do vencido.

A música havia silenciado, a dança se interrompera, enquanto os espectadores faziam suas apreciações acerca dos ditos e a troca de murros, os quais eles escutavam e observavam com a mesma indiferença de um abate ou dança de roda, se bem que os mais velhos acharam o ataque de Carlsson não tão correto segundo os antigos costumes de briga. Mas de repente se escutou um grito, que afastou as pessoas e tirou todos do clima de festa:

— Olha a faca! — gritou alguém, não se sabendo de quem veio.

— Faca! — repetiram as pessoas. — Nada de faca! Tirem a faca dele!

Os lutadores foram cercados; Norman, que conseguira puxar seu canivete, foi desarmado e posto de pé, depois que tiraram Carlsson de cima dele.

Carlsson vestiu seu paletó e o abotoou por sobre o colete rasgado; já Norman saiu com a camisa em farrapos

STRINDBERG

que caíam até as pernas. Com o rosto machucado, sujo, sangrento, achou por bem se afastar até detrás da casa para não ter que mostrar sua derrota para as moças.

Com a alegre confiança de ser o vencedor e o mais forte, Carlsson voltou ao baile, e depois de tomar um trago, reiniciou a corte de Ida, que o recebeu calorosamente e quase com admiração.

A dança prosseguia como uma máquina de debulhar – a penumbra caíra; a aguardente descia rodada a rodada e a atenção ao que outro fazia e dizia foi se tornando menos vívida. Assim Carlsson conseguiu sair do celeiro com Ida e alcançar o caminho do pasto sem que ninguém metesse o nariz, mas logo quando a moça havia passado por sobre a cerca e Carlsson estava para segui-la, escutou a voz da viúva cortando a escuridão mesmo que não conseguisse vê-los:

– Carlsson! Carlsson, onde você está? Venha e dance uma música com sua ajudante!

Carlsson não respondeu e se esgueirou para dentro do pasto silencioso como uma raposa.

A senhora, entretanto, o tinha visto e também o lenço branco de Ida, que ela havia amarrado em redor da cintura para proteger seu vestido das mãos suadas. Quando ela chamou mais uma vez e ficou sem resposta, ela os seguiu, passou por cima da cerca e entrou no pasto. Abaixo das aveleiras havia um caminho, em plena escuridão, e ela viu apenas algo branco, que se afundava nas sombras e que por fim desapareceu no fundo do longo túnel. Ela quis correr atrás, mas nesse momento escutou novas vozes junto à cerca, uma grave e outra mais brilhante, porém ambas abafadas e, quando se aproximaram, sussurrantes.

EM QUE O CAPATAZ PÕE O TRUNFO NA MESA

Gusten e Clara passaram por sobre a cerca, que rangia sob os passos inseguros do rapaz, e sustentada por seus braços fortes, Clara foi erguida e desceu ao pasto. A senhora se escondeu em meio aos arbustos, enquanto passaram de braços dados, dançando e cantarolando, beijando-se, como ela outrora dançou, cantou e beijou. Mais uma vez a cerca rangeu e disparando como um bezerro veio o rapaz de Kvarnö com a moça de Fjällång, e quando esta se ergueu sobre a cerca, com as faces rosadas pela dança e um sorriso de abandono, mostrando o branco dos dentes, ela cruzou os braços atrás da nuca, como se quisesse se deixar cair, e soltando uma risada quase sem ar com as narinas arquejadas, atirou-se de braços abertos sobre o pescoço do rapaz, que a recebeu com um longo beijo e a carregou para dentro da escuridão.

A senhora permaneceu atrás das aveleiras e observou cada par que chegava, um após outro, indo e vindo, e voltando de novo, como em sua juventude, e a velha chama se acendeu, escondida sob as cinzas de seus dois anos de viuvez.

Nesse meio tempo, o violino foi se calando aos poucos, passara da meia-noite e o rubor da manhã já despontava de leve sobre a floresta ao norte; o burburinho do celeiro se tornou mais tênue e alguns gritos de viva pelo prado indicavam que os convidados já se dispersavam; a hora da partida se aproximava para os ceifadores. Ela tinha que fazer as despedidas. Quando ela saiu do caminho, onde a escuridão começava a diminuir, já se divisando o verde das folhas, pode ver Carlsson e Ida se aproximando no alto da encosta, de mãos dadas, como prontos para se atirarem numa polca. Temendo a vergonha de ser encontrada ali no

STRINDBERG

"caminho do mato", virou-se e se apressou em passar por cima da cerca e voltar à casa, antes que os convivas tivessem ido embora. Mas do outro lado da cerca encontrava-se Rundqvist, que juntou as palmas da mão quando pode reconhecer a viúva, e ela escondeu o rosto no avental para não mostrar sua vergonha:

— Não, meu Senhor Jesuzim, a patroa também esteve no pasto? Ah, eu bem que digo; sim, não dá mais para confiar nos velhos... — ela não pôde escutar mais, e disparou rumo à casa, onde a procuravam e foi recebida com gritos de viva, apertos de mão, agradecimentos pela alegre estadia e despedidas.

Quando o silêncio voltou a reinar e os fujões foram chamados de volta dos prados e campinas — apesar de nem todos terem sido encontrados —, a senhora se recolheu, mas ficou um bom tempo acordada, esperando ouvir os passos de Carlsson subindo a escada.

Capítulo 4

BOATOS DE CASAMENTO
e a matrona é aceita pelo ouro

O FENO estava guardado, o centeio e o trigo estocados; o verão chegara ao fim e tinha sido proveitoso.

— O danado tem sorte! — dizia Gusten sobre Carlsson, e não faltavam motivos para creditarem a este o progresso do bem-estar geral.

Os arenques tinham voltado e todos os homens exceto Carlsson estavam ao mar, quando veio a hora de a família do professor partir para a abertura da temporada de ópera.

Carlsson também os ajudou a preparar as malas e andava com o lápis atrás da orelha o dia inteiro; bebia cerveja na mesa da cozinha, no armário da sala, no banco da varanda. Ganhava aqui um chapéu de palha roto, e ali um par de mocassins gastos, um cachimbo, uma piteira, charutos, caixas e garrafas vazias, varas de pescar e latas de Liebig, rolhas, corda de veleiro, pregos, tudo que não podiam levar consigo ou que fosse indesejado. Muitas eram as migalhas que caíam da mesa dos ricos e sua ausência seria sentida, a começar por Carlsson, que perderia sua amada, até as galinhas e os porcos, não teriam mais as sobras da fina cozinha dos visitantes. Menos amarga era a tristeza das preteridas Clara e Lotten, que apesar de terem recebido tantas xícaras de café gostoso ao levar-lhes leite,

STRINDBERG

sentiam que sua primavera lhes seria devolvida assim que o outono afastasse as difíceis concorrentes no mercado do amor.

E à tarde, quando o barco a vapor chegou e ancorou para buscar os hóspedes, houve um grande alvoroço na ilha, pois nunca um barco a vapor ali se detivera. Carlsson liderava a aproximação do barco com comandos e ordenações, enquanto o vapor ia encostando-se no ancoradouro. Mas aqui ele andava sobre um gelo fino, conquanto assuntos marítimos eram-lhe estranhos; e logo no momento mais solene, quando a corda lhe foi jogada e ele, na presença de Ida e dos hóspedes, exibiria sua habilidade, um maço de cabos lhe caiu por cima da cabeça, atirando seu chapéu na água. A um só tempo teria de segurar a corda e apanhar o chapéu fugidio, mas prendeu o pé num buraco, fez uns passos de dança e caiu sob uma chuva de repreensões do capitão e uma saraivada de risadas escarnecedoras dos marujos da popa. Ida virou o rosto, zangada com a atuação atrapalhada de seu herói e quase chorando de vergonha por sua causa. Por fim ela o deixou na rampa com um breve adeus, e quando ele quis tomá-la pela mão e falar do próximo verão, da troca de cartas e do endereço, a rampa balançou sobre seus pés, e ele teve que se dobrar para frente, com o chapéu encharcado caindo-lhe atrás da nuca, ao que o imediato gritou-lhe do alto do convés:

— Vai soltar essa amarra um dia, rapaz?

Uma nova chuva de invectivas recaiu sobre o amante infeliz, antes que conseguisse soltar o cabo. O vapor foi se afastando pelo estreito, e como um cão cujo dono sai de viagem, Carlsson corria pela praia, pulando as pedras, tropeçando nas raízes, para chegar a tempo no promontório, onde escondera sua espingarda atrás de um arbusto de amieiro, para poder saudar os viajantes. Mas ele devia ter se levantado da cama com o pé esquerdo, pois logo quando o vapor passou a sua frente e ele dispararia para o alto, a arma falhou. Jogou a espingarda no chão e começou a abanar seu lenço, correndo na praia e balançando seu lenço azul de algodão, dando vivas, ofegante, mas nenhuma resposta veio do barco; nem ao menos uma mão se ergueu, ou um lenço se viu. Ida desaparecera! Mas ele corria sobre o cascalho, incansável e fora de si, pulando sobre a água, disparando por entre os amieiros, e ao alcançar uma cerca atirou-se por cima dela e as estacas arranharam-no. Finalmente, logo quando o barco desaparecia por trás do promontório, deparou com os juncos da enseada; sem pensar duas vezes correu para dentro da água, abanou mais uma vez seu lenço, soltou um último e confuso grito de saudação. A popa do barco se enfiou por entre os pinheiros e ele viu o chapéu do professor se despedindo e desaparecendo no promontório da floresta, enquanto a bandeira azul e amarela do mastro balançava ao vento, mais uma vez brilhando entre os amieiros; e assim o vapor desapareceu por completo a não ser pela grande fumaça preta, que pairava sobre a água como um véu de tristeza, deixando o ar escuro.

Carlsson saiu da água encharcado e a passos lentos foi buscar sua espingarda. Observou-a com ressentimento, como ele olharia para alguém que o tivesse abandonado; sacudiu a cabeça, pôs um novo cartucho e disparou a arma.

Em seguida voltou para o ancoradouro. E repassou na memória a partida; como dançara feito um palhaço sob as tábuas do ancoradouro, parecendo um boneco de feira, escutando risadas e provocações, recordando a frieza e o constrangimento de Ida nos olhares e no aperto de mão; ainda sentia o odor de carvão, fumaça e o óleo da maquinaria, da fritura do restaurante e da tinta a óleo das mesas. O barco a vapor havia parado ali no seu futuro reino e trouxera pessoas da cidade, que o desprezavam, que num instante o derrubaram da posição que alçara e por cujos degraus já subira um bocado, e — aqui se fez um nó na sua garganta — levaram consigo sua alegria e felicidade de verão. Observou a água por um instante, que as pás da roda tinham revolvido em uma mistura lamacenta, em cuja superfície boiavam manchas de fuligem e espelhos de óleo, propagando as cores do arco-íris como uma velha vidraça de janela. Num breve espaço de tempo o monstro havia deixado toda sorte de imundície atrás de si e conspurcado as águas claras e verdes; tampas de cerveja, cascas de ovo, cascas de limão siciliano, tocos de charuto, fósforos queimados, pedaços de papel com os quais as mugens e os peixinhos brincavam; era como se todo o esgoto da cidade tivesse vindo de uma só vez atirar sobre eles todos os seus resíduos e maldades.

Naquele instante era-lhe insuportável pensar que, se ele estava decidido a conquistar sua amada, precisava ir para lá, precisava entrar nas vielas e ruas sujas, onde salários altos e paletós finos, lâmpadas de gás e vitrines de lojas, mulheres decotadas, punhos largos e botas de cano longo, tudo que atraía a vista se encontrava. No entanto, ele também odiava a cidade, onde seria o último, onde seu sotaque seria motivo de riso, suas mãos rudes não poderiam fazer trabalho delicado e onde não poderia dispor de suas variadas habilidades. E mesmo assim precisava pensar nisso, porque Ida dissera que nunca se casaria com um empregado, e não havia como ele se tornar patrão! Será que não mesmo?

Um vento suave veio pelo estreito, uma brisa fresca, que aumentava a cada instante, agitando a água que começava a bater nas estacas do ancoradouro, varrendo a fuligem e clareando o céu da tarde. Os amieiros farfalhavam, as ondas rugiam, e despertado pelo balanço dos barcos, ele pôs a espingarda no ombro e foi andando para casa.

O caminho seguia sob aveleiras, subindo até uma encosta; acima desta erguia-se um paredão de granito coberto de pinheiros onde ele ainda não havia estado.

Atraído pela curiosidade, ele subiu através de samambaias e arbustos de framboesa e logo chegou a uma plataforma de granito, por sobre a qual haviam erguido um marco marítimo. À luz do por do sol, a ilha se espalhava embaixo num único panorama, com florestas, plantações, campos, casas; e ao redor ilhotas, penhascos e o arquipélago que se estendia mar adentro. Era um belo pedaço de terra, e a água, árvores, pedras, tudo poderia ser dele, se quisesse estender a mão, somente uma, e recolher a outra, que se estendia para a vaidade e a pobreza. Não era necessário ninguém ao seu lado que o tentasse e implorasse de joelhos diante de tal quadro, rosado pelos raios mágicos do poente; onde o azul da água, o verde das florestas, o amarelo das plantações, o vermelho das casas se misturavam num arco-íris que deixaria deslumbrada uma mente menos afiada que a de um camponês.

Furioso com a premeditada leviandade da mulher que o abandonara e que em cinco minutos conseguira se es-

quecer de sua última e singela promessa de lhe dar adeus
acenando o lenço; ferido, como quem leva uma surra de
vara, depois dos arrogantes insultos daqueles palermas
da cidade, inspirado pela visão da terra fértil, das águas
pesqueiras, das casas aquecidas, tomou sua decisão — voltar para casa, fazer uma última tentativa, ou mais duas,
de dobrar aquele coração falso, que talvez já tivesse lhe
esquecido — e tomar depois para si, só não apelando para o
roubo, tudo o que podia ser tomado.

***

Quando chegou à casa, junto à ribanceira, e viu a de-
solação da casa dos hóspedes, as cortinas cerradas, palha
e caixas vazias jogadas do lado de fora, deu-lhe um nó na
garganta, como se tivesse entalado com pedaços de maçã, e
depois de ter coletado algumas lembranças dos veranistas
numa sacola, esgueirou-se o mais silencioso possível para
dentro da casa e subiu ao seu quarto. Escondeu seu tesouro
debaixo da cama, sentou-se à mesa, apanhou papel e caneta e preparou-se para escrever uma carta. A primeira
página saiu de um fôlego só num palavreado interminável,
parte tirado da cachola, parte tirado das velhas sagas de
Afzelli e do cancioneiro sueco, que lera na casa de um
inspetor em Värmland e que lhe causara forte impressão:

"Ó minha querida e amada amiga!" — começou ele
— "Estou sozinho no meu quarto, Ida, e a farta que cê faz
é mesmo terrível; ainda me alembro bem como ontem
quando a Idazinha veio para estas bandas, foi no tempo
das colheita do centeio da primavera e o cuco ninava os
bezerro no pasto, agora é outono, e os rapaz estão no mar
pescando arenque; eu não queria preguntar muito sobre

isso, se ao partir não quis saudar do barco a vapor, Ida, já como o professor foi tão bonzinho e educado de acenar do deque à popa, ao adentrarem o mar; as noites são vazias qual um abismo depois da sua partida, por causa que a tristeza que é profunda. Ao final do baile recorda-se o que prometeu, me alembro como se tivesse escrito, mas também eu tenho a hábito de 'manter' o que prometo, o que nem 'todos' têm, mas isso tanto se me dá e não dou importância do jeito que as pessoa são comigo, mas o que eu prometo, não esqueço, isso é certo".

A dor da saudade tinha se apaziguado, dando lugar à amargura; e assim veio o temor por rivais desconhecidos, pelas tentações da cidade e do salão Berns, e convencido de sua incapacidade de evitar a queda de seu anjo, agarrou-se aos seus sentimentos mais nobres, e logo as velhas memórias de seu tempo de vendedor de livros ambulante vieram à tona. Ele se tornou altissonante, severo, conservador, um algoz vingativo, e através de sua boca um Outro (com letra maiúscula!) falava:

"Quando penso como a Idazinha tá sozinha no labirinto da cidade, Ida, sem uma mão que a proteja, que possa afugentar os perigo e as tentação, quando penso em todas as oportunidade de pecado e perdição e erro, que deixa o caminho livre e os passo ligeiro, sinto uma aferroada no meu coração, sinto que estou faltando para com Deus e as pessoa por ter deixado ocê nas teia do pecado, gostaria de ter sido um pai procê, e assim, Ida, podia se fiar no velho Carlsson como a um verdadeiro pai..."

Ao escrever as palavras "pai" e "velho Carlsson", ficou bastante enternecido, lembrando-se do último enterro que presenciara.

"...um paizinho que sempre é bonzinho e com perdão no coração e nos lábio, quem sabe por quanto tempo seria permitido ao velho Carlsson (ele já adorava a expressão!) vagar por aí, quem viu se seus dias não foi contado como as gota d'água do mar ou as estrela do firmamento, talvez antes que se saiba vai tombar qual um ramo seco, e então quiçá 'alguém' não acreditando quisesse desenterrá ele da terra, mas esperemo e oremo que eu possa viver até o dia, em que as flor desponta nos campo e as rolinha canta; nesse tempo prazeroso para 'muitos' que agora se lamenta e canta como o salmista..."

Aqui ele se esqueceu do que o salmista cantava e teve de se levantar e procurar a Bíblia em seu baú. Mas eram mais de cem salmos à escolha, e Clara já havia chamado para a ceia, e assim ele acabou por apanhar o primeiro que apareceu, e completou deste modo:

"Tu coroas o ano da tua bondade, e as tuas veredas destilam gordura; destilam sobre os pastos do deserto, e os outeiros cingem-se de alegria. Os campos cobrem-se de rebanhos, e os vales vestem-se de trigo; por isso, eles se regozijam e cantam."[1]

Quando releu o trecho, descobriu uma feliz alusão do que a vida no campo representava para a cidade, e já que era esse o ponto sensível, decidiu não tocar mais no assunto, deixando a citação parcial falar por si mesma.

Em seguida cogitou sobre o que escreveria a mais; mas sentia fome e cansaço e não podia esconder para si mesmo que, no final das contas, tanto fazia o que escrevesse, por-

---

[1]Salmo 65:11–13, tradução de João Ferreira de Almeida.

que de todo jeito, Ida estaria ausente até que a primavera retornasse.

Mas ele foi novamente aguilhoado pelo pensamento de que ela seria de outro e com sangue frio decidiu bloquear preventivamente os canhões dos futuros inimigos. Acrescentou então um pós-escrito, depois de assinar "seu mais fervoroso e fiel Carlsson", que assim ficou: "P.S.: Ida deve ter cuidado com o salão Berns e o Café Blanks, pois que o professor disse que tudo quanto é moço em Estocolmo é sabichão, e..." — e achando melhor dar uma estocada nele de qualquer maneira, pois ele iria levar o peixe para a cidade dentro de alguns dias — "Norman também é sabichão" — e para que a afirmação tivesse efeito retroativo, se necessário, acrescentou: — "desde que fez o tiro-de-guerra no ano passado".

Logo depois, desceu à cozinha para cear.

Escurecera e começara a ventar. A senhora Flod veio inquieta e se sentou à mesa, onde Carlsson se sentara sozinho e acendera uma vela de sebo. As criadas andavam do fogão à mesa, silenciosas e reticentes.

— Aceite um copo de aguardente — disse a patroa —, vejo que o senhor está precisado.

— Estou mesmo, foi um trabalho danado embarcar todas as coisas — respondeu Carlsson.

— Pode descansar agora — disse a senhora e foi buscar a garrafa. — Mas que vento terrível essa noite, vem do leste; vamos ver como os moços vão lidar com os barcos nesse tempo.

— Sim, nisso não posso ajudar; eu não mando no tempo — disse Carlsson com rispidez. — Mas tomara que na semana que vem tenhamos bom tempo, porque estou pensando em levar o resultado da pesca até a cidade para falar pessoalmente com os peixeiros.

— É o que o senhor pretende fazer?

— Sim, creio que os meninos não estão conseguindo um bom preço pelos peixes, tem alguma coisa errada aí, seja lá onde for.

A senhora tirava a mesa pensando que deveria haver lá outro assunto na cidade, além do peixe.

— Hum! — disse ela. — E o senhor fará a gentileza de visitar o professor, não é?

— Vou sim, se tiver tempo, até porque ele esqueceu uma caixa de garrafas aqui...

— De todo modo, era uma gente danada de fina... Aceita mais um trago?

— Muito obrigado, patroa! Sim, é uma gente rara, e bem creio que virão de novo — ao menos pelo que ouvi de Ida.

Ele proferiu o nome dela com grande prazer, exprimindo toda a sua superioridade. A senhora sentia por sua vez sua inferioridade, sua total desvantagem, e corou enquanto seus olhos soltavam faíscas.

— Eu pensei que tudo havia acabado entre o senhor e Ida — sussurrou a senhora.

— O que é isso? Há ainda muito pela frente — respondeu Carlsson, que pareceu ter fisgado algo no seu anzol.

— Então vão se casar?

— Pode ser, quando for a hora; mas eu iria primeiro estabelecer certas condições.

O rosto enrugado da senhora se estremeceu e as mãos magras se agitavam na mesa como mãos febris sob o lençol.

— Pensa então em nos deixar? — ousou dizer com voz trêmula e seca.

— Um dia vou ter mesmo que sair daqui — respondeu Carlsson. — Cedo ou tarde deve-se ter seu próprio lugar, pois não se deve morrer de trabalhar para os outros à toa.

Clara se aproximou com o mingau de farinha, e Carlsson teve uma repentina vontade de gracejar com ela.

— Então, Clara, vocês não têm medo do escuro, dormindo sozinhas esta noite, quando os rapazes estão fora? Não querem que eu desça e lhes faça companhia?

— Ah, não precisa, de jeito nenhum! — respondeu Clara.

— Como é? Não é preciso? O que você sabe do que eu preciso?

— Então a Ida não foi suficiente para você? Mas andaram me dizendo que você nem deu conta do recado!

Carlsson ficou vermelho até a raiz dos cabelos, mas na face da senhora Flod surgiram a esperança, a curiosidade e a surpresa.

Fez-se silêncio na cozinha por um instante. Escutava-se como a tormenta rugia por entre a floresta, agitando as folhas das bétulas, sacudindo as cercas, girando o cata-vento e alçando a franja do telhado. Às vezes vinha uma rajada pela chaminé insuflando o vento, liberando tantas faíscas do fogão que Lotten tinha que proteger os olhos e a boca com a mão. Quando o vento cessava por um instante, ouviam-se as vagas batendo no promontório a leste. De repente o cachorro latiu na ribanceira e o latido se distanciou, tendo o vira-lata corrido para saudar ou afugentar a chegada de alguém.

— Por favor, vá e veja quem é que chega — disse a patroa a Carlsson, que logo se levantou.

Assim que ele atravessou a porta, viu somente uma escuridão tão espessa que parecia poder ser cortada a faca, e o vento recebeu-o com uma lufada que lhe deixou o cabelo em pé como ramos de ervilhaca. Chamou pelo cachorro, mas os latidos já estavam bem distantes no prado e já soavam animadamente em boas-vindas.

— Visitas a essa hora — disse à senhora, que também tinha se posto à porta — Quem será? Eu vou lá ver. Clara, acenda a lanterna e me dê meu gorro.

Ele recebeu a lanterna e saiu no prado enfrentando o vento, seguindo os latidos até entrar no bosque de pinheiros que separava o prado da praia. Não se ouviam mais os latidos, mas por entre o farfalhar e os estalidos das árvores, ouviam-se passos de bota aferrada contra as pedras da encosta, galhos rangendo, entortados por alguém que procurava o caminho, pisadas nas poças d'água, palavrões em resposta aos abanos de rabo do cachorro.

— Olá! Quem vem lá? — gritou.

— O pastor! — respondeu uma voz gasta, e nesse momento Carlsson viu faíscas provocadas pelo solado de ferro contra os cascalhos, e saindo de um arbusto que se esgueirava nas pedras um homem baixote, vestido com peles, de constituição larga e um rosto rude, castigado pelas intempéries dos elementos, emoldurado por um par de maltratadas suíças encanecidas e animado por dois olhos penetrantes sob sobrancelhas que pareciam musgo.

— Que inferno é andar pelos caminhos que vocês têm nesta ilha! — reclamou a modo de saudação.

— Senhor Jesus, é o pastor, que nos visita nesse tempo

de cão! – respondeu Carlsson respeitosamente à maldição inicial de seu consultor espiritual. – Mas cadê o barco?

– É um pesqueiro, pelo que sei, e Robert o levou para o ancoradouro. Vamos para debaixo do teto, porque o vento está chegando até os ossos. Avante!

Carlsson seguia à frente com a lanterna, seguido pelo pastor, mais o cachorro, que fazia pequenas incursões no mato farejando um galo silvestre, que pouco antes pulara, salvando-se em meio às folhas.

A senhora foi ao encontro da luz da lanterna na ribanceira e quando reconheceu o pastor, alegrou-se e deu-lhe as boas-vindas.

O pastor estava levando peixe para a cidade quando a tempestade desabou, sendo obrigado a desembarcar e passar a noite; xingava e maldizia por não poder chegar a tempo e ver-se livre dos peixes, agora que "todos os desgraçados estavam no mar apanhando tudo quanto vivia debaixo d'água".

A senhora quis conduzi-lo para a sala, mas ele foi direto para a cozinha e preferiu ficar perto do fogo, onde poderia se secar. O calor e a luz pareciam, no entanto, importunar o pastor, pois ele fazia caretas com os olhos, como se estivesse acordando, enquanto tirou as botas molhadas de couro grosso. Carlsson o ajudou a tirar um velho paletó cinza-esverdeado, revestido de pele de carneiro, e logo o sacerdote se encontrava só de camisão de lã e de meias no canto da mesa, que a senhora limpou e dispôs para servir café.

Aquele que não conhecesse o pastor Nordström jamais adivinharia que este ilhéu exercia uma função espiritual; de tanto que os trinta anos tomando conta das almas do

STRINDBERG

arquipélago haviam transformado o antes refinado predicante, quando este veio ordenado de Uppsala. Seus ganhos minguados haviam-no impelido a tirar seu sustento do mar e da terra, e, quando isso não bastava, precisava recorrer à boa vontade de sua congregação, que através de relações sociais, apropriadas àquelas circunstâncias, tinha que manter. Mas a boa vontade se mostrava mais em cafezinhos, tragos e refeições, recebidas por ocasião de suas visitas e deste modo não somavam muito à economia do presbitério, influenciando, em vez disso, negativamente no estado moral e físico do beneficiado. E como, ademais, os ilhéus sabiam, após suas duras experiências nas lidas do mar, que Deus só ajuda aquele que se ajuda primeiro, ou sendo por sua intrínseca incredulidade em ver uma relação de efeito e causa entre a chegada de um forte vento oriental e a confissão de Augsburg,[2] acabavam não usando tanto a igrejinha de madeira que haviam construído, além disso, as idas à igreja eram frequentemente impedidas pela longa distância que se devia cruzar a remo, ou simplesmente pelos ventos desfavoráveis, o que acabara por tornar a igreja numa espécie de mercado popular, onde se ia encontrar os conhecidos, onde se fechavam negócios e se ouviam notícias da corte, e o pastor se tornara a única autoridade local à qual se podia recorrer, já que o encarregado da província vivia longe, terra adentro, e nunca era chamado para questões legais. Tais assuntos eram resolvidos mediante a troca de murros ou meia garrafa de aguardente.

[2]Confissão de Augsburgo: (*Confessio Augustana*) principal texto normativo da reforma protestante, publicada em 1530. Seu principal autor foi Felipe Melanchton, tendo a colaboração de Martinho Lutero.

O pastor tinha então, ao que constava, partido para a cidade com um pesqueiro para vender peixe, que ele próprio havia conseguido no mar, e antes de chegar lá foi impedido pelos ventos da tempestade. Com sua espingarda bem guardada num estojo de couro, matula e livro de orações numa sacola de pele de foca, molhada e em péssimo estado, ele agora se aproximava da luz e do calor e, depois de esfregar os olhos, tomou seu lugar à mesa posta para o café. Não havia mais nenhum traço de latim ou grego que se pudesse agora divisar naquela criatura à luz do fogão e duas velas, um cruzamento entre camponês e pescador. As suas mãos outrora brancas, que viraram páginas de livros durante toda a sua juventude, estavam escuras e cascudas, com manchas amarelas, de água salgada e sol, rijas e calejadas pelos remos, cabos e timão; as unhas roídas, pretas nas extremidades do trato com a terra e com as ferramentas; a concha do ouvido repleta de cabelo e perfurada com anéis de chumbo para evitar catarro e constipações; do bolso lateral da camisa de lã pendia de uma trança de cabelo uma chave de relógio, feita de um metal dourado qualquer e adornada com uma pedra semipreciosa; suas meias de lã molhadas tinham um buraco bem no dedão, que ele sempre parecia querer ocultar com movimentos tortuosos dos pés debaixo da mesa; a camisa estava escurecida de suor por debaixo dos braços e o fecho da calça estava entreaberto por falta de botões.

Tirou um cachimbo do bolso da calça, e sob o silêncio respeitoso de todos bateu-o contra a borda da mesa, jogando ao chão um montinho de cinzas e tabaco azedo. Mas suas mãos estavam inseguras e não conseguiu encher o cachimbo como de costume, complicando-se todo e despertando assim a apreensão geral.

— Como vai o pastor esta noite, creio que está um pouco cansado, não é mesmo? — foi dizendo a senhora.

O pastor ergueu a cabeça, olhou em volta e até para as vigas do teto, como se procurasse quem estava falando.

— Eu? — disse ele, enchendo seu cachimbo, mas deixando cair fora um punhado de tabaco. Sacudiu então a cabeça, dando sinais de que queria ficar em paz, e afundou-se em pensamentos sombrios, sem forma definida.

Carlsson, que entendera o problema, sussurrou para a patroa:

— Ele não está sóbrio! — e julgando que deveria ser prestativo, apanhou o bule e encheu a xícara do pastor, posicionando a garrafa de aguardente ao seu lado, convidando-o com uma reverência a servir-se à vontade.

Com um olhar demolidor, o velho levantou sua cabeça encanecida para afugentar Carlsson, e afastando a xícara de si com repulsa, cuspiu as palavras:

— Esta é sua casa, servo? — e virando-se para a senhora. — Me dê uma xícara de café, madame Flod.

E assim caiu num silêncio profundo, possivelmente se recordando de seus dias de grandeza e da imoralidade crescente das pessoas.

— Maldito servo! — vociferou mais uma vez. — Saia e vá ajudar o Robert!

Carlsson tentou dobrá-lo com lisonjas, mas foi cortado imediatamente com um "Quem você pensa que é?", e desapareceu pela porta.

— Vocês têm alguém pescando? — perguntou abruptamente para a senhora que procurava em vão uma desculpa para o empregado, depois que o pastor se recompôs um pouco com um gole de café.

— Sim, Deus nos ajude — começou a senhora. — E foram com as redes de arrastão também. Ninguém poderia imaginar às seis que teríamos tempestade à noite, e conheço Gusten, ele prefere ir ao fundo a deixar a pesca amanhecer na rede.

— Ah, bobagem, ele se vira bem! — confortou o pastor.

— Não diga isso, pastor! Se cai um graúdo na rede, vem muito dinheiro também, mas peço apenas que meu menino saia ileso...

— Ele não seria burro de seguir adiante e puxar redes num tempo desses, quando todo o mar está encrespado.

— É justamente isso que se pode esperar dele; veja, ele puxou ao pai, é muito zeloso com o que possui, e seria capaz de dar a vida para não pôr a perder suas redes.

— Escute, madame, se ele é assim tão teimoso, nem o próprio diabo poderá ajudá-lo! No mais a pesca está boa, em Alkobbarne, jogamos seis vezes a rede e apanhamos umas doze centenas de pescado.

— Nossa, e estavam gordos?

— Pode apostar! Gordos feito manteiga. Mas diga-me, madame Flod, que conversa é essa, que corre por aí, de que a senhora pensa em se casar de novo? É verdade?

— Oh, Deus me livre! — exclamou a senhora. — Estão dizendo isso? É mesmo terrível o que as pessoas inventam e dizem, e como correm os boatos!

— Sim, sim, eu evito esse tipo de coisa — retomou o pastor —, mas é o que estão dizendo, estão se referindo ao empregado, o que seria uma lástima para seu menino.

— Ah, não há nenhum perigo para o menino, e muitos já tiveram padrastos piores.

— Ah, é? Então é isso mesmo, posso ver. O velho corpo arde tanto que não pode mais se segurar? A carne é fraca, hehehe!

O pastor lançou um olhar provocador sobre Clara e Lotten, para ver se elas ficariam constrangidas. De fato, elas estavam com uma aparência bastante acanhada, enquanto tentavam segurar o riso. O pastor voltou à carga, agora com um novo foco:

— Vocês, meninas, ficam aí rindo? Como se não soubessem bem do que estou falando!

— Tenha a bondade de aceitar mais um café, pastor — interrompeu a senhora, agastada com o tom amoroso que a conversa começava a tomar.

— Obrigado, madame, que gentileza a sua! Obrigado! Só mais um, talvez. Mas preciso dormir e me pergunto se já fizeram minha cama.

Mandaram Lotten preparar a cama do pastor no quarto do sótão, depois de decidirem que Carlsson e Robert dormiriam na cozinha.

O pastor bocejava sem parar e coçava um pé com o outro, passava a mão pelas entradas do cabelo, como se quisesse afastar preocupações inomináveis, enquanto a cabeça afundava em breves quicadas sobre a mesa, onde por fim o queixo se apoiou.

A vê-lo, a senhora se aproximou dele e pôs a mão cuidadosamente sobre seu ombro, dando-lhe tapinhas e pedindo-lhe com voz persuasiva:

— Pastorzinho! Não ouviremos ao menos uma prece,

antes de dormir? Pense nesta pobre mãe e seu filho que está no mar.

— Isso mesmo, uma breve prece! Dê-me meu livro... a senhora sabe onde encontrá-lo, dentro da matula.

A senhora apanhou a sacola de couro e trouxe um livro preto encravado com uma cruz dourada, usado como um relicário de viagem, do qual as senhoras idosas e os doentes costumavam receber gotas de consolo; e cheia de enlevo espiritual, como se tivesse recebido um pedaço da igreja na sua humilde casa, ela carregou cerimoniosamente com as duas mãos o misterioso livro feito um pão quente, retirou com suavidade a xícara da frente do pastor, enxugou a mesa com o avental e depositou o sagrado objeto diante de sua cabeça pesada.

— Pastorzinho — sussurrou a senhora enquanto o vento uivava na chaminé —, já está aqui o livro.

— Bem, bem — respondeu o pastor quase adormecido, estendendo o braço sem levantar a cabeça, apalpando a mesa atrás da xícara e por fim atingindo sua asa, entornando a xícara e fazendo com que a aguardente escorresse em dois fios por sobre a mesa envernizada.

— Não, não, não — lamentou a senhora protegendo o livro —, isso não vai dar certo; o pastor está com sono e deve ir se deitar.

No entanto o pastor já roncava com o braço apoiado sobre a mesa e o dedo médio estendido num gesto ridículo, como se apontasse para uma direção invisível, inalcançável naquele instante.

— Meu Deus! Como faremos para levá-lo para a cama? — lamuriou a senhora para as moças, confusa sem saber se o acordava, pois sabia como seu humor ficava terrível quando assim faziam depois que bebia, e deixá-lo na cozinha não era possível por causa das moças, e tampouco dentro da casa, o que geraria boatos. As três mulheres andavam em volta dele, feito ratinhos em volta do gato ao qual deviam prender um guizo, mas ninguém ousava fazer nada.

Nesse meio tempo, o fogo se apagara, e a pressão do vento contra as vidraças e as paredes irregulares chegou até o velho, que se encontrava calçado apenas com as meias, e devia estar com frio, pois subitamente sua cabeça se levantou e com a boca entreaberta ele soltou três uivos, como quando a raposa entrega seu espírito, fazendo as mulheres estremecerem.

— Creio que espirrei — disse o pastor, levantando-se e indo com olhos fechados até o sofá junto à janela, onde se afundou, estendeu as costas e com as mãos entrelaçadas sobre o peito adormeceu num longo suspiro.

Qualquer esperança de tirá-lo dali se foi, e Carlsson e Robert, que tinham retornado, não ousaram encostar a mão nele.

— Ele bate! Tenham cuidado — esclareceu Robert. — Deem a ele só um travesseiro e cubram-no que ele dorme até amanhã.

A senhora acomodou as moças em seu quarto, Robert teve que dormir num canto da despensa e Carlsson foi para seu quarto. Apagaram-se as luzes e se fez silêncio na cozinha.

A senhora Flod se lembrou então que tinham esquecido de deixar um pouco de água com o pastor e enviou-lhe Clara com a garrafa de bronze. Ela entrou na ponta dos pés, sem ranger a porta, mas logo retornou à sala:

— Que safado, imaginem vocês!

— O que foi? — perguntou-lhe a patroa, ansiosa de que algo pudesse ter acontecido com o pastor.

— A senhora precisa ver, patroa, ele queria que eu me deitasse com ele... mas que indecência!

— Isso eu não posso acreditar — foi a opinião da senhora, que não queria desfazer a honra de ter o pastor como visita debaixo de seu teto.

— Só sei que ele tentou me agarrar e queria coisas...

— Ah, deixe de falar besteiras — cortou-lhe a patroa, fechando a porta, passando a chave e soprando a chama do lampião. — Boa-noite a todos!

Logo o sono envolveu a todos na casa, mais pesado para uns que para outros.

Na manhã seguinte, quando o galo cantou e a senhora Flod foi despertar seus hóspedes, o pastor e Robert já haviam partido. A tormenta havia apaziguado, frias nuvens de outono desfilavam do leste terra adentro e o céu era de um fresco azul. Às oito horas a senhora começou sua caminhada até o promontório oriental para ver se nenhum barco se avistaria na baía. Pelo estreito entre as ilhotas surgia uma ou outra vela alçada, desaparecendo e se mostrando novamente. O mar ainda estava agitado, exibindo um azul metálico, e as ilhas ao longe pareciam miragens, suspensas no véu colorido do ar, como se tivessem levantado voo da água e estivessem a caminho do alto como a névoa da noite. Os filhotes de merganso, nas enseadas e cabos, fugiam para a água quando viam a águia-rabalva dirigir seu pesado voo sobre eles, mergulhando e vindo à tona e fugindo novamente, revolvendo a água ao redor. Quando a senhora via as gaivotas deixando uma ilhota e fazendo alarido, pensava: "Lá vem um barco", e os barcos vinham, mas todos evitavam a ilha e seguiam para norte ou sul.

O vento frio que soprava e as nuvens brancas doíam nos olhos da senhora, que entrou na floresta de novo, cansada de esperar; e passou a apanhar arandos recolhendo-os no avental, porque não conseguia ficar sem o que fazer e precisava de algo para espairecer sua preocupação. Nada lhe era mais precioso que seu filho, e ela não estivera tão preocupada naquela outra noite como agora, quando junto à cerca do pasto vira outra esperança sombria desaparecer na escuridão. Hoje, porém, sentia ainda mais a ausência do filho, porque pressentia que talvez logo ele a deixaria. As palavras do pastor na noite passada e as fofocas haviam acendido um pavio e logo se ouviria o estouro: *paff!* Quem iria torcer o nariz, não estava ainda claro, mas que alguém o faria, era de se esperar.

Caminhou devagar para casa, até o outeiro do carvalho. Do ancoradouro ouvia-se um burburinho, e ela viu entre as folhas do carvalho como as pessoas se moviam ao redor do casebre, conversando, negociando, averiguando, discutindo. Algo se passara enquanto ela estava fora, mas o quê?

A preocupação acentuou a curiosidade, e ela se apressou descendo a ribanceira para se inteirar do que acontecera. Descendo até a cerca da propriedade, viu a popa do barco de pesca. Eles haviam, portanto, retornado depois de remar ao redor da ilha.

Norman narrava os acontecimentos com voz firme:

— Ele afundou como uma pedra e subiu de novo; mas então foi ferido de morte bem no meio do olho esquerdo e tudo foi rápido como uma lamparina que se apaga.

— Oh, Senhor Jesus! Ele está morto? — gritou a senhora e correu passando a porteira, mas ninguém a escutou por causa de Rundqvist, que continuava a falar da morte no barco.

— E depois o acertamos com a fateixa e quando o gancho prendeu no lombo...

A senhora havia contornado as redes e não conseguia mais avançar, mas viu como se através de um espelho velado pelas redes dependuradas, como todos moradores da propriedade cercavam, esgueiravam-se e agachavam-se ao redor de um corpo com manchas cinzentas que estava na carga do barco. Ela começou a gritar e tentava se desvencilhar da rede que se emaranhava nos seus cabelos, enquanto as chumbadas acertavam-na feito um açoite.

— O que em nome de Jesus nós apanhamos na rede dos linguados? — soltou Rundqvist, percebendo que algo se debatia entre os fios. — Mas será possível, é a patroa!

— Ele está morto? — gritou a senhora Flod com todas suas forças. — Ele está morto?

— Acabado como um cachorro morto!

A senhora se livrou da rede e desceu até o ancoradouro. Lá viu Gusten debruçado sem chapéu ao longo do fundo do barco, mas se mexendo, e sob ele via-se um grande corpo peludo.

— É você, mamãe? — saudou Gusten sem se voltar. — Olha o graúdo que apanhamos!

A senhora arregalou os olhos, quando viu uma foca cinza e gorda, da qual Gusten estava retirando o couro. Certamente não apanhavam focas todos os dias, a carne era até comestível, a gordura bastava para muitas botas e

STRINDBERG

o couro valia bem umas vinte coroas; no entanto, arenques de inverno eram ainda mais bem-vindos e como não viu uma barbatana sequer no barco, ficou um pouco agastada, esquecendo-se tanto do filho que retornara quanto da foca inesperada e irrompendo em admoestações:

— Pois bem, mas e os arenques?

— Não pudemos chegar até eles — respondeu Gusten. — E arenques podem-se comprar, mas foca não se apanha todo dia.

— Você sempre diz isso, Gusten, mas que vergonha ficar fora três dias e não voltar com um peixe sequer. O que você pensa que vamos comer durante o inverno?

Mas ela não teve nenhum apoio, porque todos já estavam enjoados de arenques e carne, mesmo de foca, é carne, além do que os caçadores haviam atraído todas as atenções com suas notáveis narrações.

— Sim — aproveitou Carlsson para dizer, cortando para si um pedaço da presa —, se não tivéssemos a terra, iríamos todos ficar sem comida!

Naquele dia não puderam terminar de guardar as redes, pois primeiro era preciso cozinhar a gordura em grandes tinas de lavar roupa; e assaram e cozinharam a carne enquanto bebiam café na cozinha. No lado sul da parede do celeiro esticaram o couro como um sinal da vitória, falavam da caçada e a descreviam, e todos os céticos que por ali passavam eram convidados a pôr os dedos nos buracos da bala e escutar como a foca havia aparecido, onde ela subira na pedra, o que Gusten dissera para Norman no último momento, quando o tiro foi desferido e como por fim a presa se comportara no momento final, quando teve "seu fio de vida ceifado".

Carlsson não foi o herói desses dias, mas forjava seu aço em segredo e quando o alvoroço da pesca por fim cessou, tomou lugar junto ao leme e partiu para a cidade com Norman e Lotten.

***

Quando a senhora Flod foi até o ancoradouro para recebê-los de volta da cidade, Carlsson estava muito afetuoso e cordato, e logo a senhora percebeu que alguma coisa acontecera.

Depois do jantar ele poderia entrar na casa e entregar o dinheiro das vendas; quando também se sentaria para contar os eventos. No entanto, ele teimava em começar, não parecendo nem um pouco inclinado a soltar o que tinha a dizer, mas a senhora não o deixaria ir sem ao menos uma tentativa de relato de viagem.

— Pois então, diga, Carlsson — ela foi cavando —, foi visitar o professor, não é?

— Sim, estive lá por um breve instante, é claro — respondeu Carlsson, visivelmente incomodado com a lembrança.

— Ah... Como eles estão passando?

— Eles mandam lembranças calorosas a todos da ilha, e foram muito corteses e me ofereceram café da manhã. O *departamento* deles é bastante distinto e nós nos entendemos bem.

— E a comida estava boa?

— Comemos lagostins e cogumelos; além disso, bebemos vinho do porto.

— Mas diga, Carlsson viu a moça também, não é?

— Como não? — respondeu Carlsson seguro de si.

STRINDBERG

— E vocês se entenderam bem?

Não se entenderam de forma alguma, mas isso deixaria a senhora contente demais, e por isso Carlsson não respondeu.

— Eles foram tão gentis, à noite fomos ao salão Berns escutar a *orquesta*, e eu lhes ofereci *cherry* e canapés. Foi, como você pode imaginar, muito agradável.

Mas a realidade não foi tão agradável assim e as coisas tinham se passado de um jeito completamente diverso. Para começar, Carlsson havia sido recebido na cozinha por Linda, que lhe serviu uma cerveja, já que Ida estava ausente. Depois disso, chegou a esposa do professor o cumprimentando e dizendo a Linda que fosse preparar lagostins para aquela noite, pois teriam visitas; e foi cuidar de seus afazeres. Estando sós, Linda de início foi um pouco fria, mas mesmo assim Carlsson pode escutar dela que Ida recebera a carta dele e a lera para todos, certa noite, quando seu noivo estava presente e eles se reuniram na cozinha bebendo vinho do porto, enquanto Linda limpava os cogumelos. Eles gargalharam, quase morreram de rir; o noivo leu em voz alta a carta duas vezes com voz de pastor. O que mais causou hilaridade foi o "velho Carlsson" e seus "últimos instantes", e quando chegaram àquele "tentações e caminho da perdição", o noivo — que era carroceiro de cerveja — sugeriu que saíssem para cair na tentação do salão Berns, e foram até lá onde ele lhes ofereceu *cherry* e canapés.

Fosse pelo efeito de as palavras de Lina terem lhe sacudindo as lembranças, que se desordenaram, ou por desejar tão vivamente estar na pele do carroceiro de cerveja, ele se pôs em sua privilegiada posição de anfitrião, além de ter trocado de lugar com o desconhecido apreciador de lagostins, bebido o vinho do porto do noivo e comido os cogumelos de Lina; fosse o que fosse, ele apresentou o desenredar dos fatos dessa maneira para a senhora e conseguiu assim seu intento, que era o mais importante. E quando havia acabado, sentiu-se tranquilo para partir ao ataque. Os rapazes estavam ao mar, Rundqvist havia se deitado, e as moças tinham encerrado o expediente.

— Que conversa é essa, que ronda aqui na paróquia e que agora eu escuto por toda parte? — começou ele.

— O que estão dizendo agora? — perguntou a senhora.

— Ah, aquela velha conversa de sempre, que nós estamos pensando em nos casar.

— Faz tempo que escutamos isso.

— Sim, mas é mesmo um absurdo que as pessoas digam uma coisa dessas, que não existe; não consigo entender isso de jeito nenhum — desconversou Carlsson.

— Claro, o que um rapaz jovem e enérgico faria com uma velha feito eu?

— No que diz respeito à idade, não há problema. De minha parte, posso dizer que, se eu um dia "pensar" em me casar, não seria com uma qualquer, que nada sabe e ninguém viu, porque, veja bem, patroa, desejo é uma coisa e casamento é outra; o desejo, o desejo mundano, se esvai como fumaça, e a fidelidade, o compromisso, são como uma pitada de tabaco, quando outro pode oferecer charuto. Mas eu sou assim, patroa, àquela com quem eu me casar, serei fiel, e sempre fui assim, e quem vier dizendo outra coisa, estará mentindo.

A senhora Flod afiou os ouvidos e começou a desconfiar de que naquele mato tinha coelho.

STRINDBERG

— Mas entre o senhor e Ida, não chegaram a um entendimento? — examinou ela.

— Ida, sim, ela até que é boazinha, e se eu quisesse era só estalar os dedos, que a teria, mas entenda, patroa, ela não tem o caráter certo; ela é leviana e vaidosa, e creio que ela prefere seguir caminhos errados. De resto, estou começando a ficar velho, devo dizer, e não tenho mais vontade de correr atrás de rabo de saia; sim, vou dizer francamente que se eu pensasse em me casar, escolheria uma pessoa mais velha, sensata, alguém que tivesse o caráter correto; veja, não sei bem como dizer exatamente, mas a patroa talvez me entenda mesmo assim, porque a patroa tem sensatez, tem mesmo.

A senhora havia se inclinado sobre a mesa para escutar melhor as firulas de Carlsson e aproveitar para dizer amém assim que ele pusesse para fora o seu sim.

— Mas diga — continuou ela, puxando um novo fio na meada —, nunca pensou na viúva de Åvassan, que está sozinha e só pensa em se casar de novo?

— Vixe, ela? Não, essa eu conheço bem, e ela não tem o caráter certo, pois sim, o que mais importa é o caráter. Porque dinheiro e traços exteriores, roupas vistosas, nada disso tem valor para mim, eu não sou assim; e aquele que me conhece bem não pode dizer o contrário.

O assunto parecia ter sido exaurido por todos os lados e alguém precisava dar a palavra final, enquanto ainda era possível.

— Pensou em quem, então? — ousou dizer a senhora, dando um corajoso passo adiante.

— Pensar, pensar! Pensa-se uma coisa, pensa-se outra, eu não pensei em nada ainda, e aquele que pensa uma coisa, diz; eu me calo, para que depois ninguém venha me dizer que eu seduzi alguém, porque meu caráter não é assim.

Nesse momento a senhora não sabia ao certo em que pé estava, mas ela precisava tentar mais uma vez.

— Sim, mas, meu querido Carlsson, se você tem Ida no pensamento, não pode passar a pensar em outra com muita seriedade.

— Hum... Ida, aquela raposa desavergonhada, eu não a quero, não, mesmo que a jogassem no meu colo, não, quero alguém melhor que ela, que tenha ao menos as roupas do corpo, e se tiver um pouco mais, não faz mal, mas eu nem reparo nisso, pois sou assim, é o meu caráter.

Nessa altura tinham avançado e recuado tantas vezes que era perigoso ficarem parados, se a senhora não desse um empurrãozinho.

— Carlsson, o que diria se eu e você nos juntássemos?

Carlsson afastou tal ideia com as mãos, como se logo no primeiro instante quisesse afugentar todas as suspeitas acerca de tal baixeza.

— Não, isso nunca vai entrar em questão! — assegurou solenemente. — Nunca mais vamos falar sobre isso, e muito menos pensar. Eu bem sei o que vão dizer, que eu me casei pelo ouro, mas eu não sou assim e isso não me pertence. Não, nunca em tempo algum vamos falar disso de novo. Prometa-me, patroa, e me dê a mão, nunca mais vamos falar disso! Me dê a mão e vamos jurar!

Mas a senhora não quis jurar nada de mãos dadas, e queria mesmo discutir abertamente a questão.

— Por que não devemos falar sobre isso, que poderia acontecer? Eu estou velha, você bem sabe, e Gusten não

STRINDBERG

é maduro suficiente para tomar conta da propriedade; preciso de alguém que fique ao meu lado e me ajude, mas entendo que esse alguém não queira se esfalfar pelos outros e trabalhar por nada, e por causa disso não vejo nenhum outro remédio senão nos casarmos. Deixe as pessoas falarem, elas tagarelam do mesmo jeito, e se o senhor não tiver nada contra mim, então não vejo o que pudesse nos impedir. O que tem contra mim, diga?

— Não tenho nada contra a patroa, de modo algum, mas pense naquela maldita falação sobre isso e aquilo, e também Gusten não haveria de ficar contente por nós.

— Pff... se você não for homem o bastante para mantê-lo sob controle, eu posso muito bem resolver isso. Tenho meus anos, mas não sou tão velha assim e, cá entre nós, não me importo em dizer-lhe que... posso ser tão faceira quanto qualquer mulherzinha dessas, quando for preciso.

Quebrou-se o gelo, e seguiu-se uma maré de planos e conselhos: como dariam a notícia a Gusten e como organizariam o casamento e tudo mais. A conversa estendeu-se bastante, tanto que a senhora teve de coar mais café e buscar a garrafa de aguardente, e eles permaneceram ali noite adentro e mais um pouco.

Capítulo 5

BRIGA-SE NO TERCEIRO DIA DO ANÚNCIO DO CASAMENTO,
faz-se a comunhão e o casório,
mas não se entra no leito nupcial

Ninguém é mais elogiado do que quando morre e ninguém é mais detratado do que quando se casa, isso Carlsson logo pode aprender. Gusten rugiu feito uma foca faminta durante três dias, trovejando a plenos pulmões, enquanto Carlsson se ausentava numa providencial viagem de trabalho. O velho Flod foi resgatado de seu repouso terreno, contemplado, medido e considerado o melhor homem até então criado, enquanto Carlsson foi virado pelo avesso feito roupa usada, em cujo interior se descobrem nódoas. Lembrou-se dele como reles estivador de estrada de ferro e mascate de bíblias, enxotado de três empregos, certamente fujão de um quarto, réu presumido por motivo de arruaça e briga. Tudo isso foi jogado na cara da senhora Flod, mas ali já ardia uma nova chama. A perspectiva de pôr fim à viuvez lhe dava novos ares e ela parecia reavivada e com sangue novo nas faces, de modo que suportou tudo sem pestanejar.

A raiz da inimizade contra Carlsson vinha de ser ele um estranho, que através do casamento agora abocanharia aquelas terras e águas, consideradas um bem comum pelos nativos. Já que a senhora estava firme no ninho e certamente ainda viveria por muitos anos, as perspectivas do filho de chegar à posse escasseavam. A sua posição na propriedade agora se assemelharia à de um peão, dependente da ordenança e boa vontade do recém-chegado capataz. Portanto não foi de se estranhar que o novo subalterno esbravejasse o quanto podia e dirigisse palavras rudes à mãe, ameaçando ir à Corte, abrir processo e mandar expulsar o futuro padrasto. Pior ele ficou quando Carlsson voltou de seu pequeno passeio, trajando o negro casaco domingueiro do finado Flod e o gorro de pele de foca do mesmo, que ela, certa manhã nos primeiros tempos de casamento, dera ao marido de presente. O filho nada disse, mas subornou Rundqvist a fazer uma pilhéria, de sorte que, numa manhã, quando se sentavam para o desjejum, havia sobre o lugar de Carlsson uma toalha ocultando um apanhado de objetos. Carlsson, que nada suspeitava, levantou a toalha e descobriu seu assento coberto com toda a quinquilharia que ele juntara num saco e escondera debaixo da cama em seus aposentos. Lá estavam latas vazias de lagosta, caixas de sardinhas, vidros de cogumelo, uma garrafa de porto, uma infinidade de rolhas, um vaso de flores trincado e muito mais.

Carlsson ficou vesgo da raiva, mas não sabia com quem trocar agressões. Rundqvist ajudou-o a disfarçar, vindo com a explicação de que aquilo era uma "troça" comum no lugar quando alguém danava a se casar. Infelizmente, Gusten logo entrou e externou sua surpresa de que o comprador de bugigangas estava por vir, já que ele normalmente só aparecia por volta do ano novo; e ao mesmo tempo todos foram informados por Norman de que nenhum comprador viria, de que aquilo eram lembranças que Carlsson guardava de Ida e com as quais Rundqvist queria se divertir um pouco, já que tudo estava acabado entre os dois pombinhos. Dali, seguiu-se uma chuva de duras palavras, em consequência da qual Gusten se mandara até a Igreja e conseguira seis meses de adiamento no casamento de Carlsson, com o argumento de que este não tinha ficha limpa. Isso foi uma pedra no sapato que Carlsson contornou o tanto que pode, conseguindo pequenas compensações. Num primeiro momento, ele tinha assumido sua nova posição com todas as pompas, mas como o resultado fora ruim, adotava agora uma postura mais brincalhona, obtendo bons resultados com todos menos Gusten, que mantinha uma obstinada guerra oculta e não mostrava sinais de apaziguamento.

Seguiu-se o inverno, em seu passo silencioso e monótono, com a derrubada das árvores e o corte de lenha, a confecção de redes e a pesca no gelo, entremeados com jogos de baralho e café batizado, as festas natalinas e a caça de tetrazes. Veio a primavera e as fileiras de edredões sobrevoando o mar eram um convite à caça, mas Carlsson preferia investir todas as forças na preparação da terra. Ele queria contar com uma boa safra, necessária para preencher os gastos que o casório exigiria, pois a intenção era fazer uma festa de arromba, a ser lembrada por anos a fio.

Com os pássaros migratórios, retornaram também os hóspedes de verão, e como no ano anterior, o professor dizia sim e achava tudo uma "maravilha", especialmente porque iriam celebrar bodas. Por sorte, Ida não os acompanhou desta vez. Ela saíra do serviço em abril e diziam que logo iria se casar. Sua sucessora não era lá muito aprazível e Carlsson tinha assuntos de sobra na cabeça para deixar-se atrair, além de um trunfo nas mãos que não queria perder.

O anúncio de casamento seria no meio do verão e as bodas celebradas entre a ceifa e a colheita, quando sempre havia uma pausa nos trabalhos, tanto em terra como no mar. Após o anúncio, percebeu-se uma desagradável mudança de atitude em Carlsson, que a senhora Flod foi a primeira a notar. Seguindo as tradições, eles já viviam conjugalmente desde o começo do noivado e o noivo, que ainda tinha o adiamento pendendo sobre sua cabeça, sabia muito bem se comportar de acordo com as circunstâncias prescritas. Agora que o perigo estava passando, ele começou a empinar o nariz e mostrar as garras. Mas isso não intimidou em nada a senhora Flod, que também estava à vontade em seu novo papel, e ela também passou a mostrar os dentes que tinha, de modo que transcorridos três dias do anúncio de casamento o caldo entornou.

Toda a população da ilha, exceto por Lotten, tinha ido à igreja para receber a comunhão. Como de hábito, tinham escolhido o barco menor, para que, se fosse necessário remar, houvesse o mínimo de esforço. Todos estavam apinhados lá dentro, além da matula e meia libra de peixe que levavam para o pastor, algumas libras de vela para o sacristão e ainda um monte de roupas de muda, velas, remos, jarros, baldes, banquinhos e tamboretes.

Como de costume, haviam ingerido um desjejum reforçado e compartilhado tragos sucessivos de garrafas alheias já pela manhã. Fazia calor e ninguém queria remar, ocasionando uma pequena contenda entre os homens, pois nenhum deles queria chegar suado à igreja. As mulhe-

BRIGA-SE NO TERCEIRO DIA DO ANÚNCIO

res se colocaram entre eles e quando chegaram à enseada da igreja e escutaram os sinos, que não viam havia mais de um ano, a briga foi deixada de lado. Era apenas a primeira chamada, e portanto tinham bastante tempo. A senhora Flod subiu para a casa paroquial com o peixe. O pastor ainda estava se barbeando e tinha o humor sombrio.

— Hoje teremos gente estranha na igreja, com a visita dos moradores de Hemsö — foi sua saudação, enquanto limpava a lâmina com o dedo. — Esses malditos ainda trazem peixe, como se eu não tivesse o mar à beira da porta — continuou, com azedume.

Carlsson, que carregara o peixe, foi à cozinha tomar um trago.

Daí, levaram as velas para o sacristão e lá também um trago lhes foi oferecido. Por fim, todos se reuniram na frente da igreja, onde aproveitaram para admirar os cavalos dos grandes proprietários, ler as inscrições nas lápides e cumprimentar os conhecidos. A senhora Flod fez uma breve visita ao túmulo do finado senhor Flod e Carlsson saiu de cena por alguns momentos. O campanário começou a soar e tremer, e a congregação se esgueirou para dentro. Mas os moradores de Hemsö, desde o incêndio da velha igreja, não possuíam nenhum banco próprio e tiveram que ficar em pé dentro da nave. Fazia um tremendo calor, e, desconfortáveis em meio aquele espaço solene, suavam de puro constrangimento, parecendo uma fileira de internos num reformatório a espera de um corretivo. Já eram onze horas quando chegaram ao salmo que precedia o sermão e os moradores de Hemsö já tinham cruzado as pernas e trocado de pé dezenas de vezes. O sol adentrava a igreja feito uma brasa, as testas luziam de suor, mas, apertados feito sardinhas numa lata, não podiam se mover para um lugar à sombra. Foi quando o sacristão escreveu o número do salmo 158 no quadro. O órgão assoviou um prelúdio e o sacristão entabulou o primeiro verso. A congregação entrou a plenos pulmões, já ansiando pelo sermão seguinte. Mas aí adveio o segundo verso, e o terceiro verso.

— Não é possível, será que vão cantar todos os dezoito versos? — sussurra Rundqvist para Norman.

Mas era possível sim. E na porta da sacristia apareceu a cara rabugenta do pastor Nordström, com um olhar severo e desafiador para a congregação, à qual pretendia dar uma boa lição, já que a tinha nas mãos. E todos os dezoito versos foram cantados e o relógio mostrava onze e meia quando o pastor se dignou a subir ao púlpito. A essa altura eles já estavam amaciados, tão amaciados que os rostos estavam virados para baixo como se dormissem. Mas não durou muito esse descanso, pois de repente o pastor deu um berro que assustou os que dormitavam, fazendo-os levantar a cabeça sobressaltados e olhar abobados para o vizinho, como a perguntar se havia fogo na igreja. Carlsson e a patroa haviam se posto tão à frente que lhes era impossível qualquer retirada para a porta sem escândalo. A senhora se limitava a chorar de cansaço e pelas botinas que lhe apertavam os pés à medida que o calor aumentava. Às vezes, ela se virava e jogava um olhar suplicante para o noivo, como a lhe pedir para ser carregada até o mar, mas este estava tão imerso no culto, calçando as amplas botas de couro de cavalo do velho Flod, que apenas retribuía a impaciência da pobre mulher com olhares severos. Enquanto isso, o restante do grupo voltara para o fundo

BRIGA-SE NO TERCEIRO DIA DO ANÚNCIO

da nave e conseguira abrigo debaixo da galeria do órgão, onde estava mais fresco e havia um pouco de sombra. Lá, Gusten avistou a bomba de incêndio, onde pôde se sentar e pôr Clara em seu colo.

Rundqvist se apoiou numa pilastra e Norman ficou ao seu lado, quando começou o sermão. Palavrório seco, sem nenhuma melodia, que durou seis quartos de hora. O texto discorria sobre donzelas sábias e não sábias, mas como ninguém entre os homens tomava o menor conhecimento do assunto, dormia-se à larga, dormia-se sentado, pendurado, em pé. Passada meia hora, Norman cutucou Rundqvist, que estava inclinado com a mão à frente da testa como se estivesse passando mal; o jovem apontou com o dedão para Clara e Gusten, em cima da bomba de incêndio. Rundqvist virou-se lentamente, arregalou os olhos como se tivesse visto o tinhoso em pessoa, sacudiu a cabeça e sorriu maliciosamente. É que Clara estava sentada, com a língua para fora e os olhos cerrados, como se estivesse dormindo e tendo pesadelos, enquanto Gusten mantinha os olhos fixos no pastor Nordström, parecendo comer cada palavra sua, como se estivesse fazendo um esforço para ouvir a passagem do tempo no relógio de areia.

— Mas que danados — sussurrou Rundqvist, enquanto retrocedia cuidadosamente, tateando com o pé para não fazer barulho sobre o piso.

Norman, adivinhando a intenção de Rundqvist, esgueirou-se feito uma enguia para fora da igreja, por onde logo Rundqvist também seguiu, e em pouco tempo os dois fujões estavam a caminho do barco. Lá fora, soprava uma brisa fresca do mar e a rápida refeição que ingeriram lhes devolveu as forças. Em silêncio e com cuidado, eles voltaram para dentro da igreja, onde viram Clara adormecida nos braços de Gusten, que também dormia enquanto a abraçava, mas suas mãos estavam a tal altura, que Rundqvist achou por bem abaixá-las um pouco, no que Gusten despertou e lançou novamente suas garras sobre a moça, como se alguém a estivesse arrancando dele.

O sermão durou ainda meia hora, e depois houve mais meia hora de salmos antes da comunhão. O sacramento foi recebido com sentimentos graves, e Rundqvist chorava, mas a senhora Flod, que após a cerimônia queria se apertar num banco, quase começou um desentendimento e foi empurrada. Acabou por passar a última meia hora como anteriormente, ao lado do banco do sacristão, em pé sobre os saltos, com a sensação de que o chão lhe queimava as solas do pé; e quando o pastor leu o proclama de casamento, ela ficou fora de si com os olhares da congregação.

Finalmente, estava tudo terminado e eles correram para a embarcação. A senhora Flod não resistiu e arrancou as botinas após ter recebido as felicitações em frente à igreja, carregando-as até o barco. Chegando lá, meteu os pés na água enquanto ralhava com Carlsson. Todos se jogaram sobre a matula, mas foi um alarido quando descobriram que as panquecas tinham acabado. Rundqvist achou razoável a hipótese de que tinham se esquecido de trazê-las, enquanto Norman sugeriu que alguém as tivesse comido durante a viagem, no que lançava uma grave suspeita sobre Carlsson.

Estavam embarcando quando Carlsson se lembrou de que tinha um barril de alcatrão para buscar na casa paroquial. Mas aí houve tumulto. As mulheres gritaram que não queriam alcatrão no barco por nada neste mundo,

BRIGA-SE NO TERCEIRO DIA DO ANÚNCIO

pois trajavam seus vestidos novos, mas Carlsson buscou o barril e o acomodou na bagagem. A briga então passou a ser sobre quem se sentaria ao lado do perigoso recipiente.

— Mas eu me sentarei sobre o quê? — lamentava-se a senhora Flod.

— Levante a saia e sente-se sobre o traseiro — respondeu Carlsson, que estava consideravelmente mais à vontade, agora que já se fizera o anúncio de casamento.

— O que você disse? — sibilou a senhora.

— Foi exatamente o que eu disse! Sente-se no barco para que possamos sair daqui!

— Quem dá as ordens no mar, que mal lhe pergunte? — intrometeu-se Gusten, achando que a questão já lhe feria os brios. Ele se sentou aos remos, mandou subir a vela e puxou a amarra. O barco estava sobrecarregado, e o vento quase não soprava; o sol queimava e as cabeças fervilhavam. Avançavam como "um piolho sobre uma mão ensebada" e não foi de grande ajuda os homens tomarem um trago extra para a viagem. A paciência logo se acabou e o silêncio, que havia reinado por um breve momento, foi quebrado por Carlsson, opinando que baixassem a vela e pegassem os remos. Mas a isso Gusten se opôs. "Esperem, quando chegarmos às ilhotas, o vento pega", ele dizia. E esperaram. Já se avistava sobre o estreito uma faixa de azul escuro, e as ondas faziam barulho contra as ilhas exteriores. Aproximou-se um forte vento leste, e as velas se avivaram. Bem quando passaram um cabo, veio uma lufada que fez o barco estremecer, se levantar e ganhar velocidade a ponto de fazer redemoinhos atrás de si. Em sua homenagem, tomaram todos um trago e os ânimos melhoraram enquanto avançavam a contento.

STRINDBERG

O vento aumentava; o barco começou a adernar, mas não perdia velocidade. Carlsson ficou com medo, agarrava-se ao banco e pediu que diminuíssem a vela e atracassem numa enseada. Gusten não lhe respondeu, e em vez disso puxou a escota, fazendo entrar água no barco. Carlsson ficou possesso, levantando-se para colocar um remo na água. Mas a senhora Flod puxou-o pelo casaco e o fez sentar.

— Sente-se no barco, homem, pelo amor de Deus! — ela gritava.

Carlsson se sentou com o rosto lívido. Mas não ficou sentado por muito tempo, logo deu um pulo, levantando a aba do paletó em desespero.

— Deus tenha piedade, não é que o miserável está vazando — ele berrou enquanto sacudia o paletó.

— Quem está vazando? — perguntaram em coro.

— O barril, diabos! Oh, Jesus Cristo! — ouvia-se, enquanto todos tentavam se safar do riacho de alcatrão que corria segundo os balanços do barco.

— Sentem-se! — rugiu Gusten. — Ou vamos todos parar no fundo do mar!

Carlsson havia se levantado novamente, bem quando vinha um novo sopro de vento. Rundqvist, que antevira o perigo, ergueu-se com cuidado e deu um safanão em Carlsson, que caiu feito um saco. A briga parecia estar armada, forçando a senhora Flod a intervir numa explosão. Ela agarrou seu noivo pelo colarinho e deu-lhe uma boa sacudida.

— Que pobre coitado de homem é esse, que não sabe andar de barco! Você poderia se portar feito gente e se sentar!

Carlsson ficou bravo, soltou-se num puxão que acabou rasgando parte de sua gola.

— Você quer destruir minhas roupas, bruaca! — ele gritava, enquanto levantava as botas para protegê-las do alcatrão.

— Como ousa? — a senhora Flod faiscava de raiva. — Seu paletó? De quem você o ganhou, por acaso? Ser chamada de bruaca por um zé-ninguém desses, que não tem onde cair morto...

— Cala a boca! — gritou Carlsson, atingido no ponto mais sensível. — Ou lhe respondo na mesma moeda!

— Responda, que eu sei dar o troco muito bem — retrucou a senhora Flod.

— Eu diria que estou me contentando com carne seca enquanto poderia ter da fresca!

Gusten, que achou já terem ido longe demais, começou a cantarolar um *schottisch*, no qual entraram Norman e Rundqvist. A contenda amainou e passaram a atacar o inimigo comum, o pastor Nordström, que os deixara em pé por cinco horas e dezoito versos. A garrafa passou por todos, o vento tornou-se mais estável, os ânimos se acalmaram e, sob o contentamento geral, o barco deslizou para dentro da enseada e encostou no atracadouro.

Pouco depois da viagem, passaram aos preparativos das bodas, que durariam três dias e três noites. Abateram um porco e uma vaca, cem jarras de aguardente foram compradas, colocaram arenque no sal e no louro, pães foram assados, lavavam, coavam, cozinhavam, fritavam e moíam café. Durante todo esse tempo, Gusten andava de lado com ar suspeito. Deixava que trabalhassem e não se intrometia. Carlsson, por sua vez, passava a maior parte do tempo sentado à escrivaninha, escrevia e fazia contas; pedia encomendas de Dalarö e ordenava tudo que havia por fazer.

Um dia antes das bodas Gusten acordou cedo, arrumou sua sacola, pegou a espingarda e partiu. A mãe acordou e perguntou aonde ia. Gusten respondeu-lhe que ele tinha ganas de sair e ver se o peixe na desova teria vindo, e então se mandou.

Ele tinha preparado uma matula para se ausentar por vários dias e levava coberta, garrafa de café e outras coisas, todas necessárias para uma visita ao arquipélago. Levantou logo a vela, mas em vez de se orientar para as enseadas, notando que o tempo já se fazia quente o suficiente para o banho nas praias, rumou direto para as ilhotas exteriores.

A manhã de fins de julho estava radiante e clara, o céu era branco azulado feito leite batido, e as ilhas, ilhotas, atóis, rochedos e pedras estendiam-se com tal suavidade na água que não se podia dizer se pertenciam ao céu ou à terra. Na terra, estavam próximos os pinheiros e amieiros e nos cabos repousavam os mergansos, patos-fuscos, mergansos-de-poupa e gaivotas; mais adiante via-se apenas pinheiros-anão, airos e as tordas-mergulheiras, que barulhentas feito papagaios enxameavam corajosamente à frente da embarcação para distrair o caçador de seus ninhos, cravados nas fendas das rochas. A esta altura os atóis já estavam mais baixos, mais desertos, havendo ali apenas um ou outro solitário abeto em que se penduravam casinhas de pássaro, onde edredões ou mergansos entesouravam seus ovos, ou crescia lá também alguma tramazeira, em cuja copa nuvens de pernilongos balançavam ao vento.

BRIGA-SE NO TERCEIRO DIA DO ANÚNCIO

Mais além estava o mar liso, onde o moleiro voava em suas rapinas, disputando com andorinhas-do-mar, gaivotas e gaivotões e onde a águia-rabalva era vista em seu pesado e surdo voo, às vezes se lançando sobre um edredão a chocar.

Era para lá, rumo ao último atol mais afastado do arquipélago, que Gusten se dirigia, quase deitado sobre o leme, o cachimbo na boca, deixando se arrastar por uma brisa morna do sul. Às nove horas ele desembarcou em Norsten. Era uma minúscula ilha rochosa, de poucos alqueires com uma pequena depressão no centro. Apenas algumas tramazeiras desfolhadas resistiam entre as pedras; além de vistosos arbustos de evônimo que cresciam nas fendas, com suas frutinhas cor de fogo, e na baixada havia uma espessa cobertura de urzes, mirtilos e amoras brancas, que agora já estavam amareladas. Ao longo das rochas, espalhavam-se alguns zimbros achatados, que pareciam estar se agarrando ao solo com as unhas para não serem levados pelo vento.

Era aqui que Gusten sentia-se em casa; aqui ele sabia qual era o arbusto embaixo do qual estaria o edredão em seu ninho, que se deixava acariciar nas costas e que lhe bicava de leve a barra da calça. Logo ali, havia a abertura na rocha em que ele enfiaria seu cajado em forquilha, fazendo sair as tordas, uma das quais ele apanharia para servir no desjejum. Esse era o local onde os moradores de Hemsö pescavam arenque e junto com outro grupo de pescadores haviam construído uma casinha, onde costumavam passar a noite.

Foi para lá que Gusten dirigiu seus passos, pegando a chave debaixo do beiral do telhado e carregando para dentro suas coisas. A casinha se constituía apenas de um cômodo sem janelas, com catres dispostos em beliches uns sobre os outros, um fogão, um banco de três pernas para se sentar e uma mesa.

Depois de ter acomodados seus utensílios, ele subiu ao telhado, abriu a escotilha da chaminé e retornou para baixo. Alcançou os fósforos que estavam guardados sob uma viga, acendeu o fogão, onde o último visitante do local não se esquecera do velho costume de empilhar uma braçada de lenha para quem viesse depois. Colocou uma panela com batatas sobre o fogo, acrescentou um tanto de peixe salgado sobre as batatas e deu umas baforadas no cachimbo enquanto esperava.

Depois de comer e tomar uns tragos, pegou a espingarda e retornou ao barco, onde deixara os chamarizes para as aves. Remou e posicionou-os na saída de um cabo, depois se escondeu num abrigo camuflado, construído com pedras e galhos de árvore. Os chamarizes boiavam sobre as lentas ondas que quebravam na praia, mas nenhum edredão apareceu.

A espera foi longa e por fim ele se cansou, partindo para explorar as pedras da praia, atrás de alguma lontra, mas só avistou cobras d'água e casas de marimbondo entre as esplêndidas flores de salgueirinha e aveia-brava seca. Na verdade, não estava tão empenhado em conseguir coisa alguma, andava por andar, para não ficar em casa, pelo prazer que sentia perambulando por ali, onde ninguém o via nem o ouvia.

Depois do almoço, deitou-se na casa para dormir e à tardinha saiu remando para tentar a sorte com o anzol de bacalhau. O mar agora estava imóvel como num sonho e ele via a paisagem se estender numa via dourada para dentro do sol poente como uma leve neblina. Fazia um silêncio ao seu redor como o de uma noite sem vento e podia-se ouvir o barulho dos remos contra a água a milhas. As focas, que se banhavam a uma distância segura, levantavam suas cabeças redondas, gritavam, sopravam e mergulhavam novamente.

O bacalhau estava mordendo a isca e ele conseguiu puxar alguns barrigas-brancas para cima, onde eles abriam suas bocarras inofensivas, bocejando para a água e fazendo caretas para o sol, protestando por terem sido içados de sua escura profundeza e balançados por sobre a amurada.

Permaneceu do lado norte do atol, mas quando a noite já ameaçava cair, ele começou a rumar para a terra e notou que saía fumaça da chaminé da casinha. Pensando no que estaria acontecendo, apressou seus passos.

— É você, Gusten? — ele ouviu do interior e reconheceu a voz do pastor Nordström.

— Mas não é que é o pastor! — disse Gusten surpreso, vendo o velho sentado perto das brasas, fritando arenque. — O senhor veio sozinho para cá?

— Sim, eu estava procurando bacalhau e fiquei mais para o lado sul, portanto não lhe vi. Mas por que você não está em casa, se preparando para o casamento de amanhã?

— Pois é, eu não tomarei parte nesse casamento — afirmou Gusten.

— Mas que história é essa, por que você não participaria?

Gusten explicou seus motivos tanto quanto pôde, de onde o pastor concluiu que ele queria se ausentar de uma cerimônia que lhe era abjeta e que com isso ele queria "dar uma lição" naquele que lhe fizera mal.

— Sim, mas e sua mãe? — objetou o pastor — Não é uma pena ela ser envergonhada assim?

— Eu não penso assim — respondeu-lhe Gusten. — A minha pena é bem maior. Eu terei um pulha como padrasto e não poderei assumir a propriedade enquanto ele estiver lá.

— Pois sim, meu filho, mas tais coisas não podem ser mudadas, o remédio talvez venha depois, agora você deve entrar no barco e voltar para casa. Você deve estar presente no casamento!

— Não, não tem jeito, já meti na cabeça que não vou — assegurou-lhe Gusten.

O pastor deixou o assunto e começou a comer seu arenque sobre o ferro do fogão.

— Você não teria aí um traguinho? — ele começou. — É que a minha patroa tem o hábito de trancar tudo que é mais forte e a esta altura eu não consigo mais nada.

Sim, Gusten tinha aguardente e o pastor foi agraciado com uma dose tão boa que ficou falante e discorreu sobre isto e aquilo, os assuntos da comarca, tantos os internos quanto os externos. Sentados sobre as pedras no lado de fora da casinha, eles viram o sol se pondo e o anoitecer se deitar com uma penumbra cor de melão sobre os rochedos e a água. As gaivotas se puseram em repouso sobre o banco de sargaço e as gralhas voltavam para o interior do arquipélago, buscando abrigo noturno nas florestas. Estava na hora de ir para a cama, mas antes espantaram os pernilongos de dentro da casinha, fechando a única porta do aposento e defumando o interior com tabaco da marca

Âncora Negra; a porta foi reaberta, e a caça aos insetos se fez com galhos de tramazeiras. Depois disso, os dois pescadores despiram-se de seus casacos e cada qual subiu em seu catre forrado de musgo.

— Dê-me um último trago antes de dormir — mendigou o pastor, que já tinha recebido vários, e na beirada da cama Gusten lhe deu uma última unção antes de se deitarem.

Estava escuro dentro da casinha, apenas algumas esparsas frestas de luz passavam pelas paredes vazadas, mas nessa penumbra os pernilongos achavam o caminho até os sonolentos, que se viravam e se remexiam em seus catres para escapar dos algozes.

— Com mil diabos! — grunhiu enfim o pastor. — Você está dormindo, Gusten?

— De que jeito! Dormir esta noite será impossível.

— E o que se há de fazer?

— Temos que levantar e fazer fogo novamente, não vejo alternativa. Se tivéssemos um baralho, poderíamos jogar umas rodadas; você lá teria algum?

— Eu não tenho, mas acho que sei onde o pessoal de Kvarnö esconde o deles — respondeu Gusten, e descendo de sua cama, abaixou-se e procurou no chão de terra batida embaixo do forro de musgo, achando lá um baralho gasto pelo uso. O pastor tinha reavivado o fogo, jogado galhos de zimbro no fogão e acendido um pedaço de vela. Gusten botou a cafeteira para ferver e achou um barril de arenque, que foi posto entre os joelhos e serviu de mesa de jogo. Acenderam os cachimbos; as cartas logo começaram a voar e as horas foram passando.

"Três boas", "passo", "trunfo", ouvia-se em meio a

STRINDBERG

um ou outro palavrão, quando um pernilongo inesperadamente deitava sua picada na nuca ou nos braços dos jogadores.

— Escute, Gusten — interrompeu o pastor por fim, parecendo ter o pensamento longe, alheio às cartas e aos pernilongos —, você não teria como dar a ele uma lição, mesmo sem se ausentar do casamento? Parece-me um tanto covarde você correr de um sujeito desses e se você quiser enervá-lo, eu sei um jeito.

— E como seria isso? — perguntou Gusten, que no final das contas achava uma pena perder toda a comilança, ainda mais que ela se daria à custa de sua herança.

— Volte somente à tarde, depois da cerimônia, e diga que você se atrasou por causa do mar. Já será um bom desaforo, e depois nós o botamos bêbado a ponto dele não conseguir se deitar na cama nupcial, e aí damos um jeito para que os rapazes façam pilhérias sobre o caso. Já seria o bastante, não?

Gusten pareceu gostar da ideia e esmoreceu ao pensar que ficaria três dias sozinho no atol sendo devorado pelos pernilongos todas as noites; sobretudo por ele de fato querer estar junto a todos e experimentar todas as iguarias que vira serem preparadas. Um plano foi logo concebido pelo pastor, portanto, e Gusten o poria em prática. Contentes consigo mesmos, finalmente foram se deitar quando a primeira luz do dia já se intrometia por entre as frestas e os pernilongos tinham se cansado de sua dança noturna.

***

Naquela tarde, Carlsson ouvira de outros pescadores de arenque que tanto Gusten quanto o pastor haviam sido

BRIGA-SE NO TERCEIRO DIA DO ANÚNCIO

vistos rumando para Norsten e concluiu, bem acertadamente, que alguma safadeza estava por vir. Havia criado uma forte repulsa ao pastor, por ter adiado seu casamento por seis meses e por este não se cansar de lhe mostrar constante desconfiança. Carlsson rastejara aos pés dele, tinha se esfregado contra ele, cheio de adulações, mas sem sucesso. Se os dois estavam no mesmo salão, o pastor sempre virava suas costas largas para Carlsson, nunca ouvia o que este tinha a dizer e citava sempre histórias ambíguas que bem poderiam ser aplicadas sobre o caso presente. Quando Carlsson ficou sabendo que o pastor se encontrara com Gusten no atol, presumiu que aquilo fora uma reunião com propósito determinado e em vez de esperar a realização da decisão tomada lá, que ele suspeitava tratar de sua pessoa, elaborou um plano para enfrentar os conspiradores e vencê-los. O contramestre da guarda do litoral estava coincidentemente de licença em Hemsö, onde ocuparia a função de encarregado das bebidas e assuntos ligados à comemoração, sendo conhecidos e apreciados seus talentos para organizar danças e festas. Carlsson concluiu acertadamente que podia contar com seus préstimos para pregar uma peça no pastor. Este tinha barrado o contramestre Rapp em sua crisma por seu grande apreço pelas meninas e um ano de atraso nesse quesito lhe causara constrangimentos no serviço. Agora, os dois inimigos da fé se reuniam sobre um café batizado e urdiram ali um plano para aprontar uma boa ao pastor. Tudo consistiria, nada mais nada menos, em que o pastor fosse impiedosamente embriagado, acompanhado de circunstâncias peculiares, as quais seriam especificadas em seu devido tempo e ocasião.

Estavam assim plantadas as minas dos dois lados, ca-

STRINDBERG

bendo à sorte decidir qual delas surtiria maior efeito. E veio o dia das bodas. Todos acordaram cansados e irritadiços após tanta complicação e como os primeiros convidados chegaram antes da hora, pois as vias marítimas nunca são pontuais, ninguém foi recebê-los. E assim foram deixados, vagando a esmo pela propriedade como se se ninguém os estivesse esperando. A noiva ainda não estava vestida e o noivo corria de lá para cá em mangas de camisa, enxugando copos, abrindo garrafas, colocando velas nos castiçais. A casa maior tinha sido lavada e espargida com folhas frescas, mas, para isso, todos os móveis tinham sido retirados e estavam do lado de fora, parecendo que ali haveria um leilão. No pátio, haviam erguido um mastro sobre o qual içaram a bandeira da alfândega, emprestada para a solenidade pelo inspetor. Sobre a porta, penduraram uma guirlanda e uma coroa de folhas de arando vermelho e margaridas, estando os dois pórticos enfeitados com vistosos ramos de bétulas.

Nas janelas estavam enfileiradas garrafas com etiquetas coloridas, que luziam a grande distância, dando a aparência de uma loja de bebidas, pois a Carlsson agradavam esses arranjos rebuscados.

O ponche dourado brilhava como raios de sol através de seu vidro verde e o púrpura do conhaque ardia feito brasa incandescente; as tampas prateadas de estanho, que cobriam as rolhas, faiscavam como moedas de quarto de coroa, de tal modo que os mais ousados entre os jovens camponeses se acercavam de queixo caído, como se estivessem diante de uma vitrine de loja e já pudessem antecipar os deliciosos sabores, estalando a língua.

De cada lado da porta, feito peças de artilharia guar-

BRIGA-SE NO TERCEIRO DIA DO ANÚNCIO

necendo a entrada, encontravam-se dois tonéis de sessenta litros cada, um contendo aguardente e o outro refresco; e atrás destes, empilhadas feito canhões, duzentas garrafas de cerveja. A vista era magnífica e marcial, andando o contramestre Rapp pelo local feito um chefe de polícia, com o saca-rolhas pendurado num cinturão, organizando o arsenal bélico sob seu comando. Ele enfeitara os tonéis com ramos de pinheiro, colocando-os em boa posição e introduzindo neles torneirinhas de metal, à medida que ia brandindo seu martelinho de tanoeiro como se fosse um escovilhão de artilharia. De tempos em tempos, batia de leve nos tonéis para assegurar que se encontravam cheios. Impecavelmente trajado em uniforme de gala, com blu-são azul de golas baixas, calças brancas e chapéu de couro envernizado, e mesmo sem portar arma, por motivo de segurança, ele infundia grande respeito nos camponeses mais jovens, pois, além de encarregado das bebidas, era responsável pela ordem, por impedir a baderna, expul-sar se necessário e intervir se ocorresse alguma briga. Os rapazes mais abastados fingiam desprezá-lo, mas na ver-dade o invejavam, pois tudo que almejavam era poder andar de uniforme e servir à Coroa, impedindo-os apenas o medo que tinham dos castigos corporais e dos irascíveis fuzileiros.

Na cozinha, duas panelas cheias de café descansavam sobre o fogão, à medida que várias moendas de manivela, emprestadas para a ocasião, giravam e grunhiam; torrões de açúcar eram despedaçados com machadinha e pãezi-nhos doces se amontoavam junto à janela. As moças iam e vinham correndo da despensa, que estava abarrotada de cozidos, frituras e sacas de pão fresco. O tempo todo, as

STRINDBERG

tranças soltas da noiva eram vistas na janela, quando esta, ainda de camisola, colocava a cabeça para fora gritando ordens para Lotten ou Clara.

Avistava-se agora uma vela após a outra entrando pela enseada, fazendo elegantes volteios em torno do ancoradouro e atracando sob uma salva de tiros. Mas o povo ainda não se atrevia a subir até a casa, perambulando em grupos pelos arredores.

Uma feliz coincidência havia feito com que a esposa do professor e seus filhos tivessem que se ausentar, para comparecerem a um aniversário no continente, e apenas o professor se encontrava ali. De bom grado ele aceitara participar da recepção, oferecendo seu salão para a cerimônia e o gramado debaixo dos carvalhos para o café e a ceia.

Ali se encontravam agora tábuas colocadas sobre andaimes e barris, adaptados para servirem de banco ao longo das mesas, já forradas com toalhas e sobre as quais já se enfileiravam xícaras de café.

Nos arredores da casa, pequenos agrupamentos começaram a se formar; Rundqvist, o cabelo alisado com gordura, barbeado, vestido num casaco preto, se encarregara de receber as visitas com observações espirituosas, e Norman, que fora incumbido com Rapp de tomar conta dos tiros de saudação, que em sua maior parte seriam realizados com cartuchos de dinamite, estava atrás da casa ensaiando, mesmo que em menor escala, com uma garrucha de matar passarinho. Em compensação, ele tivera que deixar guardado seu acordeom, que hoje estava proibido. Tinham chamado o rabequeiro mais afiado da região, o alfaiate de Fifang, para avivar a festa e tratava-se de um senhor altamente sensível a qualquer intromissão em sua arte.

E finalmente chegou o pastor, imbuído de um espírito brincalhão e pronto a fazer troça com os noivos, como era a tradição. Ele foi recebido por Carlsson na entrada com os votos de boas-vindas.

— Então, será que teremos batizado logo a seguir? — foi a saudação do pastor Nordström.

— Que diabos, por que a pressa? — respondeu o noivo sem nenhum constrangimento.

— Você está seguro disso? — provocava o pastor, no que os camponeses davam risadas. — Eu já celebrei bodas, batizei e dei o puerpério no mesmo dia, mas se tratava de gente disposta que já queria se garantir. Falando sério, como está a noiva?

— Hum, desta vez acho que você não vai precisar de tudo isso, mas nunca se sabe quando as coisas acontecem — respondeu Carlsson, conduzindo o pastor para acomodá-lo entre a esposa do sacristão e a viúva de Åvassan, que foram entretidas com conversas sobre o tempo e as condições de pesca.

O professor desceu, trajando fraque e gravata branca, além de cartola preta. O pastor o agarrou imediatamente, tratando-o como a um igual e entabulando conversa, as senhoras ouvindo de olhos e ouvidos aguçados, certas de que o professor devia ser um homem imensamente erudito.

— Pois então — começou o pastor — como o professor tem passado o inverno na Escandinávia?

— É lamentáfel, eu peidar muitos vezes! — respondeu-

-lhe o professor.[1] As senhoras arregalaram os olhos a mais não poder e se entreolharam.

— Mas o que o professor está dizendo?! — surpreendeu-se o pastor Nordström. — Durante o verão, até que se tem um pouco de indisposição. Mas no inverno? Nunca ouvi falar. Agora, é certo que as condições climáticas influenciam cada barriga de um jeito diferente.

— Meu esposa?[2] Sim, ela é moito bonito!

— Sim, sim, deus abençoe, ainda não tive a honra de ser apresentado à senhora sua esposa, mas eu certamente acredito, sim, eu até ouvi dizer que, enfim...

— Meu Teus, eu estar dizer que eu peidar tanto, tanto...

— Sim, pois não, eu entendo, eu entendo... a palavra talvez não seja a mais apropriada, embora faça parte do idioma...

— Não, Senhor Teus, pastor Nordstrem, eu não querer falar que eu peidar, mas que eu *peidar!* — gritava o professor.

— Ah, entendi! O professor passa frio. Sim, agora eu percebo! O inverno aqui é de fato muito rigoroso.

Carlsson entrou e declarou que tudo estava pronto e que só estavam à procura de Gusten para começar. "Onde está Gusten?", gritava-se agora nos arredores e se repetia até o celeiro. Ninguém respondia. Ninguém o havia visto.

— Ah, mas eu acho que sei onde ele está! — informou-lhes Carlsson.

[1]No sotaque carregado do alemão, a expressão "ter frio", *fryser*, soa como *fiser*, que significa "peidar".

[2]No sotaque alemão, "barriga", *mage*, soa como "esposa", *maka*.

— Onde será? — respondeu o pastor Nordström com voz provocativa, de maneira a ser percebido por Carlsson.

— Um passarinho me contou que ele foi visto lá em Norsten, e acompanhado por um espírito de porco que o fez embebedar-se, dá para acreditar?

— Bem, nesse caso não vale a pena esperar por ele — disse o pastor —, já que ele se meteu em má companhia. De qualquer modo, é ruim da parte dele não ficar em casa, onde ele tem bons exemplos e pessoas de bem para guiá-lo. Mas o que diz o noivo? Vamos em frente ou esperamos?

A noiva escutava tudo e apesar de estar muito entristecida, sua opinião era que se começasse, porque o café estava servido e logo ficaria frio. Portanto, iniciaram as festividades com as cargas de dinamite nas encostas; o rabequeiro preparava o arco e torcia as cravelhas, o pastor envergou a sua capa, os padrinhos tomaram a dianteira e o pastor conduziu a noiva, vestida de seda preta, véu branco e grinalda de mirto, tão apertada em suas vestes que ela ressaltava aquilo que devia ser escondido. E assim subiram para a residência do professor, sob os gemidos do violino e os estrondos nas pedras.

A senhora Flod lançou um último olhar ansioso ao seu redor, na esperança de ver o filho pródigo, e quando passaram pela porta, o pastor teve literalmente que arrastá-la. Mas acabaram entrando; as visitas estavam de pé, enfileiradas contra a parede, como se estivessem de guarda numa execução, e os noivos tomaram seus lugares na frente de duas cadeiras viradas, cobertas por um tapete de Bruxelas. O pastor tinha sacado seu livro de preces e ajeitava a gola com os dedos, limpando a garganta para começar, quando a noiva botou a mão sobre seu braço e pediu para

STRINDBERG

ele esperar. Se aguardassem alguns momentos, Gusten
certamente apareceria.

Fez-se um pesado silêncio na casa, ouvindo-se apenas
alguma bota a ranger e o roçar dos vestidos armados, que
depois de alguns instantes cessaram. As pessoas se olhavam, ficaram constrangidas, pigarreavam e voltavam para
o silêncio. Por fim o pastor, que tinha todos os olhares
voltados para si, disse:

— Não, vamos começar, a espera já está se prolongando
demais. Se não veio até agora, não vem mais.

E ele começou a ler: "Irmãos em Cristo! O matrimô-
nio foi por Deus instituído...". Já um bom tempo se
passara, as senhoras cheiravam sua lavanda e choravam,
quando de repente se ouviu um estrondo no exterior da
casa e o tilintar de vidro se quebrando. Todos aguçaram
os ouvidos, mas não se deixaram distrair, exceto Carlsson,
que se mexeu preocupadamente e olhou de relance pela
janela. Novamente, seguiram-se os *bang! bang! bang!*
Como quando desarrolham garrafas de champanhe, e os
meninos à porta começaram a rir com as mãos tapando
a boca. A confusão se acalmou por uns instantes e justo
quando o pastor perguntava ao noivo: "Diante de Deus,
onisciente e perante esta congregação, eu lhe pergunto,
Johannes Edvard Carlsson, você aceita Anna Eva Flod
como sua mulher, para amá-la na alegria e na tristeza?".
Então se ouviu, em vez da resposta, uma nova saraivada
de rolhas de garrafa, vidro se quebrando, e o vira-lata, que
latia freneticamente.

— Quem está abrindo garrafas lá fora e perturbando
este ato sagrado? — rugiu furioso o pastor Nordström.

— Era o que eu gostaria de perguntar! — Carlsson

conseguiu dizer, já não podendo se segurar de curiosidade e preocupação. — É Rapp fazendo pilhérias?

— Ei, você, está me acusando de quê? — reagiu Rapp com veemência, que estava à porta e se sentiu ofendido com a suspeita.

Bang! Bang! Bang! Os estouros não cessavam.

— Pois em nome de Deus, saia então e veja se não acontece um acidente — gritou o pastor —, continuamos depois. — Alguns dos convidados saíram apressados, outros se agruparam na janela.

É a cerveja! — gritou alguém.

— A *cervessa*, a *cervessa* está explodindo! — exclamava o professor, agitado.

Mas como foram deixar as cervejas no sol! Como metralhadoras, as garrafas explodiam e jorravam onde estavam empilhadas, espalhando espuma pelo chão. A noiva ficou nervosa com a interrupção inesperada da cerimônia, que não podia ser bom sinal; caçoaram do noivo pela má organização e este esteve a um passo de brigar com o contramestre, sobre o qual queria jogar a culpa; o pastor esbravejou por ter a cerimônia religiosa perturbada por garrafas de cerveja, mas lá fora os meninos bebiam o que restava nas garrafas e tiveram a sorte de, no trabalho de resgate, achar algumas quase cheias, das quais só a rolha tinha voado. Quando o alvoroço finalmente passou, reuniram-se de novo na casa, agora com menos fervor, e, seguindo a pergunta do pastor para o noivo, a cerimônia continuou sem mais incidentes, a não ser por algumas risadas mal-contidas dos rapazes no vestíbulo.

Choveram votos de felicidade sobre o novo casal e tão logo podiam, todos deixaram a casa, fartos de suor, lágri-

STRINDBERG

mas, meias suadas, lavanda e buquês de flores murchas. **147**
Em fileiras cerradas, rumaram para a mesa do café. Carlsson tomou lugar entre o professor e o pastor, mas a noiva não tinha tempo para se sentar, correndo de um lado para o outro, supervisionando o serviço. O sol brilhava na tarde de julho e debaixo dos carvalhos espalhava-se o som das brincadeiras e conversas. Aguardente jorrava nas xícaras de café, repetiam-se à vontade as rodadas, e na cabeceira junto ao noivo foi oferecido ponche, o que não foi visto com maus olhos pelos camponeses e seus filhos. Tratava-se de uma bebida que não se tomava todos os dias e o pastor aceitou-a de bom grado em sua xícara.

Hoje, o pastor estava estranhamente suave com Carlsson e bebia repetidas vezes à sua saúde, elogiando-o e mostrando-lhe a maior deferência, não se esquecendo também do professor, cuja apresentação lhe causara grande prazer, visto que raramente se encontrava com um homem de erudição. Mas foi difícil acharem assunto, pois música não era o seu forte, além de o professor, por educação, tentar levar a conversa para as áreas do pastor, das quais este na verdade queria escapar. A dificuldade de se entenderem também contribuiu para que uma maior aproximação fosse impossível, além de que o professor, habituado a se expressar musicalmente, raramente era prolixo.

— Vão muitos pessoas no igreja? — perguntou, para puxar assunto com o pastor.

— Não, eu não diria isso, exceto quando se celebra a comunhão. E nós, nunca contaremos com a presença do professor? — perguntou o pastor.

— Não, eu nunca comungar porque eu não poder.

— Não pode? Como assim?

BRIGA-SE NO TERCEIRO DIA DO ANÚNCIO

— Eu ter indigestão com o hóstia! — respondeu o professor, com um riso malicioso.

O pastor Nordström, mesmo não sendo exageradamente sensível, julgou o dito um tanto rude para um senhor tão fino, e deixando-o, virou-se para azucrinar um pouco o noivo.

— Pois então, Carlsson, você já foi vendedor ambulante? E o que você vendia?

— O livro sagrado, exatamente como o senhor pastor — riu-lhe Carlsson em resposta.

— Bem, então mal você não fazia. Mas já ouviram essa, rapazes? — voltando-se para os demais. — Já ouviram falar do vendedor ambulante que agora roda por aí tentando ensinar os camponeses a fazerem filhos?

— Hahahaha! — as gargalhadas choveram de velhos e moços, enquanto as mulheres viravam o rosto para rir disfarçadamente.

— Vejam só que danado, querendo ensinar o padre-nosso ao vigário!

— Não posso acreditar nisso! — exclamou Rundqvist com um ar ingênuo e dissimulado. — Seria como debulhar dentro do paiol e guardar o centeio do lado de fora.

Aproximou-se da cabeceira o rabequeiro, bastante incomodado por não ter atraído ainda nenhuma atenção. Consideravelmente encorajado pelo café batizado, ele quis discorrer sobre música com o professor.

— Sua licença, senhor músico camerista — ele saudou enquanto dedilhava seu violino —, olhe, temos uns pormenores em comum, pois a mim também me apetece tocar, mas da minha maneira, é claro.

STRINDBERG

— O diabo que te carregue, alfaiate, não seja imperti-
nente! — ralhou Carlsson.

— Sim, sim, eu peço desculpas — respondeu este. — Não
que Carlsson tenha alguma coisa com isso, mas sinta aqui
esse violino, senhor músico da câmara, sinta-o e me diga
se não é dos bons; comprei-o no Hischen e ele me custou
dez contos bem pagos.

Sorridente, o professor pinçou a rabeca e disse amavel-
mente:

— Moito beleza! Bonita mesmo!

— Pois sim, isso que é conversar com gente entendida,
aí se ouve uma opinião de verdade; falar de arte com estes
aqui — sua intenção era sussurrar, mas a voz se recusou à
nuance e ele acabou falando em alto e bom som —, estes
caipiras de merda...

— Deem um chute no traseiro desse alfaiate! — gritaram em coro. — Não vai ficar bêbado, alfaiate, senão não
teremos dança!

— Escute, Rapp, fique de olho no rabequeiro, não o
deixe beber mais! — disse Carlsson.

— E por acaso eu não fui convidado também para as
bebidas, você está dando uma de sovina, seu ladrão?

O pastor interveio:

— Sente-se, Fredrik, e se acalme, ou você vai acabar
apanhando.

Mas o rabequeiro queria por tudo discorrer sobre sua
arte, e para ilustrar suas afirmações sobre a excelência do
violino, começou a tirar-lhe uns trinados.

— Escute, senhor camerista, escute esses baixos; soam
justos como num pequeno órgão...

— Calem a boca desse alfaiate!

Houve um rebuliço por entre as mesas e o alarido aumentou. Alguém gritou: "Gusten está aqui!" "Onde? Onde?". Clara informou que o viu perto do depósito de lenha.

— Avisem-me quando ele entrar — pediu o pastor —, mas não antes, entendeu bem?

As taças de *toddy* tinham sido dispostas e Rapp abriu as garrafas de conhaque.

— Não estão indo depressa demais com as bebidas? — disse o pastor, na defensiva. Mas na opinião de Carlsson as coisas estavam correndo conforme o esperado.

Rapp andava de mansinho e instigava todos a brindar com o pastor, que logo tinha esvaziado seu primeiro *toddy* e se viu obrigado a preparar o segundo.

O pastor logo começou a revolver os olhos e a mexer abobadamente a boca. Ele observava o tanto que podia a fisionomia de Carlsson, tentando ver se este já estava no ponto. Mas não lhe era fácil perceber, e por isso ele se contentava em continuar a brindar com anfitrião. Foi então que Clara entrou, exclamando:

— Ele já entrou, pastor! Ele já entrou!

— Mas que diabos você está dizendo? Quem entrou?! — o pastor já nem se lembrava de quem estavam falando.

— Clara, quem foi que entrou? — perguntaram todos.

— Gusten, ora!

O pastor se levantou, desceu até a casa e buscou Gusten, conduzindo-o até a mesa, tímido e atrapalhado. Fez com que o saudassem com uma rodada de ponche e gritos de viva. Gusten então brindou com Carlsson e disse-lhe

STRINDBERG

um breve "boa sorte". Carlsson ficou emocionado e virou a taça, explicando que era uma grande alegria rever o enteado, apesar de atrasado, e que ele sabia de dois velhos corações que se aqueciam ao vê-lo, apesar de haver se atrasado.

— E acreditem-me — ele concluiu — aquele que souber tratar bem ao velho Carlsson, sempre terá tudo dele.

Gusten não ficou particularmente comovido, mas exortou Carlsson a beberem uma taça a sós. O crepúsculo se aproximava, os pernilongos dançavam e as pessoas zumbiam; as taças tilintavam, as risadas ecoavam e já se ouviam gritinhos afoitos aqui e ali entre os arbustos, interrompidos por risadas e gritos de vivas, chamados e tiros de festim no morno céu de verão. As mesas foram limpas, pois agora iam servir a ceia; Rapp pendurava nos galhos do carvalho as lanternas coloridas que ele emprestara do professor. Norman corria com pilhas de pratos, enquanto Rundqvist se abaixava para misturar aguardente no refresco; as moças traziam potes de manteiga, montes de arenque sobre tábuas de cortar, panquecas empilhadas, bandejas com almôndegas. E quando estava tudo posto, o noivo bateu palmas:

— Sirvam-se, sirvam-se com um pouco de comida!

— Mas onde está o pastor? — objetaram as senhoras. — Sem o pastor não podemos começar!

— E o professor? Onde ele foi parar? Assim não há jeito! — chamaram e procuraram, sem resposta. Os convivas agrupavam-se em torno das mesas como cachorros famintos e com os olhos faiscantes, prontos para o ataque, mas nenhuma mão se mexeu e o silêncio imperava.

— Estou matutando aqui, será que o pastor não está

fazendo uma pequena visita à casinha? – ouviu-se a voz inocente de Rundqvist.

Sem mais delongas, Carlsson desceu para examinar a latrina, e justamente, de portas abertas, estavam sentados o pastor e o professor, cada qual com um jornal na mão, entretidos numa animada conversa. A lamparina estava posta no chão e projetava uma luz de ribalta sobre os dois entronados, que Carlsson não quis incomodar, contagiado pela sacralidade do lugar e por não querer atrapalhar o natural exercício das mais prementes necessidades.

– Não – balbuciava o pastor –, uma vez por semana, veja, irmão – ele agora estava irmanado na bebida –, uma vez por semana, esse é o meu regime. Nem mais, nem menos!

– Sim, sim, é moito bom, mas eu...

– *Uma vez por semana*, é o que eu digo, e nadinha a mais! É o que diz o tratado de Hufeland, e esse é o meu regime, meu irmão.

A conversa arriscava ser longa, e Carlsson se viu obrigado a interrompê-la.

– Peço vossa licença, senhores, mas a ceia está esfriando!

– É você, Carlsson! Ah, sim! Comecem vocês, que já estamos chegando!

– É que estão todos esperando e com o devido respeito à circunstância, mas os senhores talvez pudessem se apressar um pouco!

– Já estamos indo, estamos indo! Vá indo na frente!

Com satisfação, Carlsson percebeu que o seu oponente estava um tanto "chumbado" e retornou com notícias tranquilizadoras de que ele se preparava e logo estaria presente. Instantes depois, viu-se uma lamparina tateando seu caminho pelo descampado, seguido por dois vultos cambaleantes que se aproximavam das mesas postas. O rosto pálido do pastor logo foi discernido à cabeceira da mesa e a noiva se aproximou para recepcioná-lo com o cesto de pães, dando fim à espera constrangedora. Mas Carlsson tinha outros planos, e com uma faca de mesa ele bateu na travessa de almôndegas e gritou para que todos ouvissem:

— Silêncio, minha gente, o pastor quer dizer algumas palavras!

O pastor olhou para Carlsson, parecendo não entender onde estava, viu que tinha algo brilhante na mão e se lembrou vagamente de que no último Natal ele fizera um discurso segurando uma jarra de prata; portanto, ele ergueu a lamparina e proclamou:

— Meus amigos, temos hoje uma bela festa a comemorar.

Lançou um olhar para Carlsson, para que este lhe desse algumas informações sobre o motivo da festa e sua natureza, pois já se encontrava totalmente confuso, tendo lhe fugido da mente a estação do ano, o lugar, as causas e o sentido de tudo aquilo. Mas a expressão sorridente de Carlsson não lhe oferecia solução alguma. O pobre homem perscrutou o ambiente atrás do fio da meada. Viu as lanterninhas suspensas no carvalho e teve a nebulosa imagem de uma imensa árvore de Natal, seguindo daí por essa pista.

— Essa alegre celebração de luz — ele conseguiu dizer — em tempos onde o sol está subordinado ao frio, e à neve

— ele avistara o pano branco da mesa como um campo de neve se estendendo ao infinito —, meus amigos, quando as primeiras neves se deitam feito um manto sobre a lama do outono... esperem, acho que vocês estão brincando comigo...! Uáááááá! Ele se virou e encurvou as costas para vomitar.

— O pastor apanhou um resfriado! — disse Carlsson — Ele quer se deitar! Por favor, minhas senhorias, podem começar! — Eles não esperaram que ele repetisse a ordem, pulando sobre as travessas, abandonando o pastor à própria sorte.

Tinham-lhe oferecido pouso para a noite no sótão do professor, mas para dar provas de que estava sóbrio, rejeitou, sob pena de murros, qualquer tentativa de ajuda. E com a lamparina à altura dos joelhos, encurvado como se estivesse procurando agulhas na relva orvalhada, tomou seu curso em direção a uma janela iluminada. Quando, porém, chegou à cancela, errou a distância e deu uma topada tão forte contra o mourão que a lamparina se espatifou, apagando-se.

A escuridão o envolveu como um saco e ele afundou de joelhos, mas a luz da janela ainda estava à sua frente, como um farol, e ele seguiu adiante com a estranha sensação de que os joelhos de sua calça preta se molhavam a cada passo e que os próprios joelhos lhe doíam, como se estivessem batendo contra pedras.

Topou por fim com um grande volume, redondo e de superfície úmida; tateando em volta, toca em algo espinhoso, sua mão encontra algo semelhante a uma torneira; e no mesmo instante ele ouve o som de um líquido a jorrar e percebe que está se molhando. Assustado com a ideia

STRINDBERG

de que tivesse entrado na água, estende a mão atrás do suposto mastro, ao que percebe a claridade de um portal, arrasta-se para dentro, sente um degrau de escada contra os joelhos, e ouve a voz de uma empregada gritando: "Jesus, o refresco!". Movido por um obscuro sentimento de culpa, ele sobe a escada engatinhando, os nós dos seus dedos esbarram numa chave, consegue abrir uma porta, cai para dentro de um quarto e vê um grande leito, arrumado para dois, tem força suficiente apenas para puxar a coberta, mergulhando com botas e tudo entre os lençóis, escondendo-se, pois se sente perseguido pelos gritos do andar de baixo, e sente que está para morrer, ou desmaiando, ou se afogando e as pessoas gritando pelo refresco! Momentaneamente ele desperta, reanimado, é içado da água, de volta à vida e à mesa de Natal, para logo em seguida ser soprado como uma vela, se apagando, morrendo, afundando, e se molhando todo.

Enquanto isso, a ceia se desenrolava sob os carvalhos, regada a tanta cerveja e aguardente que ninguém sentiu falta do pastor, e quando tinham devorado toda a comida, a ponto de se ver os fundos dos pratos e das travessas, desceram todos à casa para dançar.

A noiva queria mandar alguma iguaria para o pastor comer em seus aposentos, mas Carlsson a convenceu de que este certamente queria ficar em paz e que não deviam importuná-lo, além do mais, isso só serviria para envergonhá-lo ainda mais. E encerrou-se o assunto.

Gusten havia silenciosamente desertado de seu aliado quando percebeu que este fora vencido, ocupando-se de seus próprios prazeres e afogando a inimizade e o despeito no esquecimento e na embriaguez.

A dança girava feito um moinho e o rabequeiro, sentado junto ao fogão, castigava a rabeca com seu arco; nas janelas abertas, as costas suadas se expunham ao frescor da noite. Nos arredores, os mais velhos estavam sentados, divertindo-se com os rojões, fumando, bebendo e troçando na penumbra, no suave lume do fogão, que irrompia pelas vidraças, e na luz que irradiava do salão de dança.

Nas campinas e nas encostas, os pares andavam no orvalho da grama sob o tênue brilho do céu estrelado, até que, no perfume da palha e ao som das cigarras, apagassem os fogos acesos pelo calor da casa, pelo forte espírito do vinho de centeio e pelos balançantes passos da música.

As horas da meia-noite passaram em dança e o céu clareava no oriente; as estrelas sumiam para dentro do firmamento e a constelação da Ursa Maior se virava de cabeça para baixo. Ouviam-se patos grasnar entre os juncos e a pálida enseada já espelhava o claro rubor da manhã entre os vultos sombrios dos amieiros, que pareciam invertidos na água a se estender até o fundo. Mas isso só durou um instante; da costa vieram subindo algumas nuvens pelo céu e a noite voltou a reinar.

Veio um alegre chamado da cozinha: "O vinho quente! O vinho quente!". E em filas os homens trouxeram uma panela que flamejava e vertia uma luz azul em torno de si, enquanto o rabequeiro executava uma marcha.

— Vamos subir com uma primeira taça para o pastor! — gritou Carlsson, na esperança de coroar sua obra, e a sugestão foi recebida com gritos de viva. A procissão se pôs em marcha em direção à casa do professor e com passos cambaleantes subiram a escada. A chave estava na fecha-

STRINDBERG

dura do quarto e eles o adentraram, não sem um certo temor de serem recebidos a golpes e briga. Lá dentro, tudo estava silencioso e à luz tremeluzente do fogo viram que a cama estava vazia e arrumada. Um presságio sombrio de que algo terrível ocorrera se apossou de Carlsson, mas ele não externou seus pensamentos e dissipou a surpresa e as adivinhações com uma explicação. Lembrava-se agora de o pastor ter dito que para escapar dos pernilongos decidira dormir no celeiro. E como não se podia carregar fogo para o paiol, a iniciativa esmoreceu, descendo todos para o terreiro para continuarem as libações.

Carlsson nomeou Gusten às pressas como anfitrião substituto, puxou Rapp de lado e confidenciou-lhe suas tenebrosas suspeitas. Sorrateiros, os dois cúmplices se esgueiraram pela escada até a câmara nupcial, empunhando fósforos e um toco de vela.

Quando abriram a porta, era tamanho o fedor que lhes bateu de frente que quase foram jogados para trás, dando-lhes uma amostra do que viria a seguir.

Rapp acendeu o toco de vela e Carlsson, assim que deitou os olhos sobre o leito nupcial, teve superadas as suas piores expectativas. Sobre o travesseiro bordado havia uma cabeça hirsuta como a de um cachorro molhado, de boca escancarada.

— Com mil diabos! — gemeu Carlsson. — Nunca achei que esse miserável se comportaria de maneira tão porca. Deus tenha piedade! Não tirou nem as botas, o canalha.

Aqui precisavam de boas ideias. Como tirariam de lá o ressacado, sem despertá-lo, sem que o povo soubesse e, sobretudo, sem que a noiva o percebesse?

— Vamos ter que tirá-lo pela janela! — explicou Rapp.

— Usemos uma roldana e aí o levamos até a água! Apague a luz e vamos até o celeiro atrás das ferramentas.

Trancaram a porta e tiraram a chave; logo depois, os dois vingadores deram a volta na casa em direção ao celeiro. Carlsson xingava e rogava pragas, dizendo que se ao menos conseguissem carregá-lo para fora, poderiam expô-lo ao ridículo. Por sorte, a armação em tesoura ainda estava lá, depois de terem abatido uma vaca para a festa. Após terem desarmado as suas partes e recolhido os barrotes e as cordas, carregaram tudo escondido pelos mesmos caminhos até chegarem à janela do pastor. Rapp buscou uma escada, armou novamente a tesoura e fixou-a com uma tábua na cumeeira. Depois, fez uma argola, fixou os barrotes e encaixou a roldana. Daí entrou no dormitório, enquanto Carlsson esperava embaixo com um gancho de barco. Depois de Rapp ter se esforçado por uns instantes dentro do quarto, ofegando e fungando, Carlsson viu sua cabeça saindo pela janela e ouviu a ordem: puxe! Carlsson obedeceu e logo apareceu um vulto negro pela janela.

— Puxe para valer! — ordenou-lhe Rapp, e Carlsson se esforçou tanto quanto pôde. Debaixo da tesoura pendia agora o corpo inerte do pastor, incrivelmente parecido ao de um enforcado.

— Puxe! — comandou Rapp, mas nesse instante se ouviu um som como de um galão de refresco perfurado e Carlsson sentiu cair algo sobre a sua cabeça e seus ombros.

— Jesus, ele está vomitando! — gritou o noivo, vendo seu paletó preto arruinado e suas mechas de cabelo salpicadas, que Rapp havia ajeitado cuidadosamente com o grampo quente.

— Desça com ele! — ordenou Rapp novamente. — Vamos lá! — mas Carlsson já havia dado corda e o pastor aterrou feito um saco de batatas no meio das urtigas, porém sem soltar um pio. Num piscar de olhos, o contramestre saiu pela janela, guardou a escada junto com a tesoura e agora o pastor era arrastado na direção do ancoradouro. Chegando à beira d'água, Carlsson exclamou:

— Agora, seu safado, você vai tomar um banho!

O lugar não era fundo, mas bastante lodoso, pois ano após ano eram despejados ali todos os restos de pescaria. Rapp agarrou firme na corda que tinha amarrado em torno da cintura do dorminhoco e o jogou na água. Nesse instante, o pastor despertou, berrando como um porco no abate.

— Puxe! — ordenou Rapp, que percebera que o povo da festa tinha ouvido e já se aproximava. Mas Carlsson abaixou-se e chafurdou o pastor na lama, esfregando com as mãos suas roupas pretas, até que todo vestígio do acidente que ocorrera no leito nupcial estivesse encoberto.

— O que está acontecendo aí embaixo? O que foi? — gritavam os homens em correria para lá.

— O pastor caiu na água! Eia! — respondeu Rapp enquanto içava para fora da água o pastor que berrava. O povo se ajuntou todo. Carlsson fazia o papel do nobre salvador da vida e bom samaritano, benzendo-se e invocando os céus em seu dialeto natal, que ele sempre usava quando queria dar uma de comovido e sincero.

— Ocês acredita que eu cheguei aqui de pura coincidência e aí ouço algo debatendo e guinchando na água, que eu primeiro assuntei ser uma foca; e aí vejo que é o nosso próprio pastorzinho. "Ó Deus do cé", eu gritei para o contramestre, "não é que o pastor Nordström em

BRIGA-SE NO TERCEIRO DIA DO ANÚNCIO

pessoa está batendo suas asinhas ali". E aí eu digo ao Rapp: "Rapp, vai lá correndo e pegue um cabo!" E lá se foi Rapp atrás do cabo. E quando a gente conseguiu fazer uma argola em torno do bucho dele, ele danou a gritar com se estivesse sendo estripado. Vejam só o estado dele!

De fato, o pastor se encontrava num estado lastimável; os rapazes olhavam seu guia espiritual com um misto de aversão e incurável deferência, e queriam tirá-lo dali o quanto antes. Improvisaram uma maca sobre dois remos e nela colocaram o pastor, que foi erguido sobre oito fortes ombros e carregado até o celeiro, onde trocariam suas vestes.

O rabequeiro, completamente bêbado, pensou que se tratava de uma brincadeira e se animou, executando a canção "Abram alas, abram alas, para o cortejo do velho Smitten!". Vários meninos saíram dos arbustos para engrossar a fileira, e o professor, redescobrindo sua juventude perdida, tomou a dianteira enquanto cantava. Já Norman, sem poder resistir por mais tempo, acabou sucumbindo aos seus impulsos musicais e sacou seu acordeom.

— Está fedendo moito! — foi a observação do professor, que se aproximara dos respingos da maca; os rapazes tapavam o nariz. Nesse instante, o pastor se mexeu e sobre suas cabeças veio uma nova enxurrada.

— Ele passar mal! — gritou o professor.

— Cuidado, ele está vomitando — avisou-lhes Carlsson, mas tarde demais.

Quando chegaram à casa, as mulheres acudiram e viram o estado do pastor, compadecidas e tomadas de dó pelo desmaiado. A senhora Flod saiu em busca de uma coberta para encobrir sua miséria, apesar das objeções de Carlsson, e mandou também aquecer água e emprestar roupas de baixo, além de outras peças do vestuário do professor. Quando chegaram ao celeiro, deitaram o doente, como o chamavam — porque ninguém cometeria o sacrilégio de dizer que o pastor estava bêbado —, sobre palha seca. Rundqvist apareceu com as ventosas e queria fazer uma sangria, mas foi logo rechaçado, e quando não teve sua vontade atendida, pediu para que ao menos pudesse ler uma reza junto ao doente, porque sabia uma boa para ovelhas com edema, mas nem ele nem nenhum dos rapazes conseguiu chegar perto do pastor.

Carlsson subiu ao seu quarto, desta vez sozinho, para eliminar os vestígios de sua humilhação. Quando ele entrou e viu a extensão do estrago no leito emporcalhado, foi tomado por um momento de cansaço, exaurido como estava pelos esforços dos últimos dias e noites, e imaginou como seria diferente com Ida se o relacionamento deles tivesse perdurado. Chegou junto à janela e olhou para a enseada com um olhar melancólico. As nuvens se abriram e a névoa se estendia em lençóis sobre a água; o sol se levantava e seus raios penetravam no quarto, iluminando o rosto pálido e os olhos marejados de Carlsson, que se apertavam, como se resistissem às lágrimas que brotavam. Seu cabelo estava espalhado em tufos molhados sobre a testa, sua gravata branca estava manchada, o paletó pendia-lhe solto.

O calor do sol parecia lhe dar calafrios e passando a mão sobre a testa ele se voltou para o quarto.

"Mas que coisa horrível!", disse a si mesmo, e arrancando-se de sua letargia, começou a tirar os lençóis da cama.

Capítulo 6

MUDANÇAS DE CONDIÇÃO E OPINIÃO;
a agricultura declina, a mineração floresce

CARLSSON não era homem de se deixar abater além da conta por impressões ruins, ele possuía a tenacidade necessária para resistir às adversidades, sacudir a poeira e dar a volta por cima. Alcançara a posição de proprietário através de seus conhecimentos e sua disposição prestativa; e o fato de a senhora Flod tê-lo tomado como marido era lucro tanto para ela quanto para ele, essa era sua opinião. Entretanto, passada a euforia das bodas, o entusiasmo de Carlsson também diminuiu, seguro como estava agora de seus direitos matrimoniais e de herança, já que podiam esperar uma criança em alguns meses. Ele abandonara o sonho de se tornar um cavalheiro, pois vira que isso lhe era impossível; em vez disso, ele agora queria chegar à posição de grande proprietário. Trajava uma primorosa jaqueta de lã, à qual acrescentava um grande avental de couro e botas impermeáveis. Passava muito de seu tempo à escrivaninha, seu lugar favorito. Era lá que lia os jornais, mas escrevia e calculava menos do que anteriormente, passando a super-

STRINDBERG

visionar o trabalho com um cachimbo na boca e a mostrar um decrescente interesse pela agricultura.

— A agricultura está em baixa — ele dizia —, eu li nos jornais. É mais barato comprar os grão de que se precisa!

— Antigamente você dizia o contrário — comentava Gusten, atento a tudo o que o padrasto dizia e fazia, limitando-se a uma sonolenta submissão a este sem, no entanto, aceitar o papel de filho daquele que ele ainda considerava um intruso.

— Os tempos mudam e nós também! Agradeço a Deus por cada dia em que me torno mais sábio! — respondia Carlsson.

Ele agora frequentava a igreja aos domingos, participava das questões públicas e foi eleito para o conselho comunitário. Através deste, foi se aproximando do pastor até chegar o grande dia em que pode tratá-lo coloquialmente. Essa era uma de suas maiores ambições e por um ano ele não se cansou de repetir a todos na propriedade o que ele tinha dito e o que o pastor Nordström lhe respondera.

— "Escute, meu caro Nordström", eu disse, "desta vez você tem que me dar razão!" E então Nordström respondeu: "Carlsson", ele me disse, "embora você seja um homem inteligente e perspicaz, deve parar de ser cabeça-dura".

Advieram-lhe inúmeros encargos comunitários, entre os quais a inspeção de incêndios, o que implicava poder viajar à custa da comarca e beber café batizado na casa dos conhecidos. Até as eleições do parlamento, que aconteciam lá longe, no continente, acabavam ensejando pequenas negociatas e desdobramentos, cujas reverberações se dei-

MUDANÇAS DE CONDIÇÃO E OPINIÃO

xavam sentir ali no arquipélago. Durante as eleições, além de duas outras vezes ao ano, o barão vinha no barco a vapor com sua comitiva de caça, e aí se pagava cinquenta coroas pelo direito de caça por alguns dias, ponche e conhaque jorravam por dias e noites e despedia-se dos caçadores com a bem fundada opinião de que se tratava de gente mui distinta.

Desse modo, Carlsson ascendeu e tornou-se uma sumidade no lugar: uma autoridade de altas percepções sobre as coisas que os outros não entendiam. Mas havia ainda um ponto vulnerável, que às vezes ele sentia: Carlsson era do continente e não um verdadeiro homem do mar.

Para eliminar essa última falta de distinção, começou a tratar cada vez mais dos assuntos do mar, mostrando grande interesse por tudo o que lhe dizia a respeito. Limpava sua espingarda e saía para a caça; participava das puxadas de arrastão e da colocação das redes de arenque, aventurava-se em passeios a vela mais longos.

— A agricultura está caindo e "nós" temos que incrementar a pesca — respondia à mulher, quando ela se preocupava com o desleixo da plantação e do gado. — A pesca acima de tudo! A pesca para o pescador e a terra para o agricultor! — proclamava, agora de modo irresistível, depois que aprendera com o professor da escola, no conselho da igreja, a colocar suas palavras de modo "parlementarista".

Se lhes faltava algum recurso, a ordem era desmatar para obter lenha.

— A floresta deve ser desbastada para que as árvores tenham espaço para crescer! Não sou eu quem o diz, assim ensinam as normas racionais da propriedade moderna —

STRINDBERG

e se não era Carlsson quem o dizia, quem eram eles para saber de alguma coisa!

Rundqvist passou a ser o encarregado da terra, Clara do gado. Nas mãos de Rundqvist, a plantação virou um matagal, enquanto ele tirava sonecas até o almoço na encosta dos brejos, e sonecas até a janta entre os arbustos; se as vacas não davam leite, ele fazia encantamentos para elas.

Gusten fazia-se ao mar ainda mais do que antes e reatou a velha parceria de caça com Norman. O interesse, que anteriormente pusera todos os braços em movimento, havia esmaecido; trabalhar para outrem não empolgava e por isso tudo andava a seu próprio e vagaroso passo.

Quando veio o outono, alguns meses após as bodas, houve um acontecimento que pareceu uma súbita ventania sobre a embarcação de Carlsson, recém-saída do estaleiro de velas plenas. Aconteceu de a esposa perder a criança, que veio prematura e natimorta. As circunstâncias, além disso, foram preocupantes e o médico deu claras ordens que o caso estava encerrado: mais nenhuma criança!

Foi um golpe duro para Carlsson, pois, em relação ao futuro, ele agora só tinha perspectivas desvantajosas. Como, ainda por cima, a mulher esteve convalescente por um bom tempo após o aborto espontâneo, essa mudança de posição se lhe ameaçava vir muito antes do que o esperado. Tratava-se, portanto, de empregar bem o tempo, fazer-se amigo do injusto destino, poupar o que se tinha e pensar no amanhã.

Estes pensamentos injetaram um novo ânimo em Carlsson. A lavoura devia ser retomada o mais rápido

MUDANÇAS DE CONDIÇÃO E OPINIÃO

possível; o porquê disso não interessava a ninguém. Cortassem lenha, pois iriam construir uma nova casa; o motivo não lhes dizia respeito; a gana de caçar devia ser extirpada o quanto antes em Norman, que mais uma vez foi separado de seu amigo; e Rundqvist foi capturado e insuflado com vantagens à vista. Aravam, plantavam, pescavam e cortavam lenha, mas os deveres comunitários de Carlsson foram postos de lado.

Ao mesmo tempo, Carlsson investiu em sua vida doméstica; ficava sentado com a patroa e às vezes lia para ela alguma passagem das Sagradas Escrituras ou do livro de salmos; ele implorava para o seu coração e apelava para seus sentimentos mais nobres, sem conseguir explicar exatamente onde queria chegar. A senhora Flod gostava da companhia e alguém para conversar, portanto dava valor a essas pequenas distinções sem dar a elas qualquer eventual significado mórbido.

Certa tarde de inverno, quando a enseada estava fechada, os canais intransitáveis e havia quatorze dias que não podiam se deslocar, visitar um vizinho ou receber carta e jornal; quando a solidão e a neve pesavam sobre as mentes e o dia curto permitia apenas um trabalho insignificante, o grupo havia se juntado na cozinha e Gusten estava com eles. O fogo ardia no fogão e os rapazes estavam a confeccionar redes; as meninas estavam fiando e Rundqvist estava aplainando cabos de pá. A neve caíra durante todo o dia e já estava encobrindo as janelas, fazendo a cozinha se parecer com uma catacumba e obrigando um dos homens a sair a cada quarto de hora para remover a neve na frente da porta, para que não ficassem presos e assim pudessem chegar ao estábulo para tirar o leite das vacas e dar a elas a ração da noite.

Era a vez de Gusten remover a neve da saída; preparou-se para sair com um impermeável de mar sobre o casaco e o gorro de lontra. Ele empurrou a porta, contra a qual a neve se acumulava, e entrou dentro da nevasca. O ar estava escuro, os flocos de neve eram cinza como mariposas, grandes como penas de galinha e caíam ininterruptamente, amontoando-se uns sobre os outros, primeiro de leve, depois pesadamente, empilhando-se em camadas cada vez mais altas. Já estavam quase cobrindo uma boa parte da parede da casa e apenas no canto superior das janelas passava o brilho da luz que vinha do interior. Gusten reparou que os aposentos de Carlsson e sua mãe estavam iluminados. Uma súbita curiosidade induziu-o a remover a camada de cima da neve, criando uma escotilha; subindo no monte de neve, ele podia olhar para dentro do quarto. Como de costume, Carlsson estava sentado à escrivaninha e tinha diante de si um documento, com um grande selo azul impresso no alto, parecendo a inscrição de uma nota de banco; com a caneta erguida em sua mão, ele falava algo para a mulher, em pé ao seu lado, e parecia prestes a entregá-la a caneta para uma assinatura. Gusten colou a orelha no vidro, mas por conta da janela dupla, ouviu apenas um murmúrio. Queria muito saber o que se passava, intuindo que aquilo lhe dizia respeito e sabendo que assuntos importantes eram resolvidos quando se assinava documentos com selo.

Ele abriu a porta de entrada com cuidado, tirou seus sapatos forrados e subiu a escada sem ruído, até chegar ao mezanino. Lá se deitou no chão e com a cabeça inclinada

MUDANÇAS DE CONDIÇÃO E OPINIÃO

por sobre a porta embaixo, ele podia ouvir o que diziam dentro dos aposentos de mãe.

— Anna Eva — dizia Carlsson, num tom entre vendedor de bíblias e funcionário da comarca —, a vida é curta e a morte *pode* nos chegar, quando menos se espera. Nós *devemos* pensar no que virá, se for amanhã ou depois, isso é *absolutamente* indiferente! Portanto é melhor você assinar agora do que mais tarde.

A senhora Flod não gostava de ouvir falar da morte, mas como Carlsson por meses não falara em outra coisa, ela agora só tinha uma fraca resistência a oferecer.

— Está certo, Carlsson, mas para mim não me é indiferente se eu morrer hoje ou daqui a dez anos, e eu quero viver muito ainda.

— Mas, mulher, eu não estou dizendo que você *vai* morrer, eu só disse que nós *podemos* morrer, e se acontecer agora ou daqui a dez anos, tanto faz, porque ocorrerá de qualquer modo. Portanto, assine isso aí.

— Sim, mas é isso que eu não entendo — a mulher ainda lhe resistia como se a morte estivesse vindo por ela —, isso não significaria...

— Sim, mas é indiferente, pois acontecerá de qualquer maneira! Talvez não seja assim! Da minha parte, não sei! Assine mesmo assim!

Foi como colocar uma corda ao redor do pescoço dela e puxar, quando Carlsson disse o seu "Da minha parte, eu não sei!", a pobre mulher não conseguia mais e já estava cedendo.

— Mas qual é o seu propósito em tudo isso? — ela perguntou cansada e aborrecida com a longa discussão.

— Anna Eva, você deve pensar nos seus descendentes, esse é o primeiro dever de um ser humano, e por isso você deve assinar.

Neste instante, Clara abriu a porta da cozinha e chamou por Gusten, que não querendo revelar sua posição permaneceu calado, embora perdesse um trecho do que se passava nos aposentos. Clara voltou para dentro e Gusten desceu a escada, parando diante da porta a tempo de ouvir as palavras finais de Carlsson, o que o fez concluir que a assinatura tinha sido realizada e o testamento sacramentado. Quando Gusten entrou novamente na cozinha, os outros notaram que havia algo diferente nele. Ele proferia frases obscuras sobre como atiraria numa raposa que ele ouvira gritar; que era preferível ir ao mar a ficar em casa sendo comido pelos piolhos; que um pouco de arsênico misturado na ração dos cavalos podia animá-los, mas também os matar, se a dose fosse excessiva. Ao contrário, Carlsson estava de humor esplêndido à mesa do jantar, querendo se inteirar sobre os planos de trabalho de Gusten e suas metas de caça. Pediu que trouxessem a garrafa, e deixando seu conteúdo jorrar, disse: "os minutos nos são preciosos; deixem-nos, pois, comer e beber, que amanhã não estaremos mais aqui! Saúde!". Gusten ficou acordado por um bom tempo naquela noite e muitos pensamentos sombrios e planos diabólicos cruzaram sua mente; mas ele não tinha força de vontade, não conseguia mudar as circunstâncias conforme o seu intento, transformar seus pensamentos em ação; ao contrário, quando tinha pensado sobre o assunto, dava-o por realizado.

Após dormir algumas horas e sonhar sobre coisas diversas, despertou lépido como sempre, deixando as coisas

MUDANÇAS DE CONDIÇÃO E OPINIÃO

como estavam, confiando que o amanhã a Deus pertencia, que a justiça não tardaria e outros pensamento afins.

A primavera voltou, as andorinhas reparavam seus ninhos e o professor havia retornado.

Ao longo dos anos, Carlsson tinha cultivado um jardim em torno de sua casa, plantado lilases, cujas mudas ele trouxera do jardim paroquial, árvores e arbustos frutíferos, além de cobrir as passagens com cascalho e construído caramanchões. A propriedade vinha assumindo um ar senhorial. Ninguém podia negar que o forasteiro trouxera conforto e bem-estar consigo, que ele cuidara do gado e das plantações, que ele remendara casa e cercas; até o peixe ele conseguira vender por melhor preço na cidade, além de firmar acordos com o barco a vapor, a fim de evitar as longas e onerosas viagens para o continente. Agora que estava um pouco mais cansado e relaxara no seu trabalho, além de se dedicar mais à construção de sua própria casa, começaram as reclamações. "Trabalhem vocês um pouco, para verem o tanto que é bom!", respondia Carlsson. "Cada um por si e Deus por todos!"

Ele agora já cobrira de telhado a sua casa, plantara um jardim, traçara as alamedas e removera o entulho. E construíra sua casa com uma certa distinção, a ponto de ofuscar as outras a sua volta. No andar de baixo, só havia dois quartos e a cozinha, mas mesmo assim, parecia mais imponente que as outras casas do lugar, não se sabia bem a causa. Talvez fosse o pé-direito mais alto e a beirada do telhado que despontava mais longe das paredes; ou as cruzetas sobre os caibros, ou a varanda, que ele erguera à frente da entrada, com degraus de acesso. Não eram luxos, mas conferiam à casa um certo ar de mansão. A casa era vermelho-ferrugem, com as pontas das vigas pintadas de preto e ladrilhados; as vigas das janelas eram brancas e a varanda, que era suspensa por quatro pilares, era pintada em azul. Ademais, tivera a sabedoria de escolher bem o local ao pé do monte, de modo que dois velhos carvalhos ficassem pareados em frente, feito o começo de uma aleia ou parque. E quando se sentava na varanda, tinha-se a melhor vista: a enseada com os juncais, a verde campina da fonte e uma baixada que atravessava o pasto dos bezerros, de onde se podia avistar as embarcações no canal.

Gusten acompanhava aquilo com ar zangado, desejando que tudo não existisse e vendo-o como se observa um marimbondo, que faz sua casa debaixo do teto e que se gostaria de afugentar, antes que ele lá coloque seus ovos e talvez fique de vez com sua descendência. Mas ele não tinha forças para se opor, e por isso não saía da inércia.

A senhora Flod, ainda doente, achava que tudo estava bem, pressentindo o transtorno que adviria se ela partisse dessa para melhor. Não achava ruim que seu marido – pois afinal era isso o que ele era – tivesse um lugar para se abrigar e não ser enxotado feito um coitado. Ela não entendia das questões legais, mas intuía que nem tudo devia estar correto quanto às escrituras da propriedade, o regime de herança e o testamento. Mas que isso viesse depois, desde que ela não precisasse pensar sobre isso agora, que fosse no dia em que Gusten quisesse se casar. Tais pensamentos já deviam estar na cabeça dele, pois ele estava mudado, andando de lá para cá com ar estranho.

Numa tarde, em fins de maio, quando Carlsson estava em sua nova cozinha, ocupando-se com a alvenaria do fogão, Clara veio e chamou por ele:

— Carlsson, Carlsson, o professor está aqui e trouxe consigo um senhor das Alemanhas que lhe deseja falar!

Carlsson tirou seu avental, enxugou as mãos e se arrumou para recebê-los, curioso sobre o motivo da visita inusitada. Saindo na varanda, ele topou com o professor, que trazia consigo um senhor de olhar penetrante e longas barbas negras.

— O Diretor Diethoff quer falar com você, Carlsson — disse o professor, indicando seu acompanhante com um gesto. Carlsson limpou o banco da varanda com a mão e convidou-os a sentar. O diretor não teria tempo para se sentar, perguntando de maneira direta se a Ilhota do Centeio estava à venda. Carlsson indagou sobre o motivo, pois a Ilhota contava apenas com três alqueires, na maior parte pedra com uma pequena mata de pinheiros, servindo apenas como pastagem para as ovelhas.

— O motivo é industrial — disse o diretor, perguntando qual seria o preço.

Carlsson ficou sem saber o que dizer e pediu tempo para pensar, até que pudesse desvendar o que dava à ilhota um valor inesperado. Mas essa não era a intenção do diretor, repetindo a pergunta e pondo a mão sobre o bolso do paletó, onde um volume avantajado indicava não haver pouco dinheiro!

— Ora, ela não deve ser assim tão cara — disse Carlsson por fim —, mas eu preciso antes falar com a minha senhora e seu filho.

Ele desceu para a casa antiga; quedou-se lá por um momento e voltou novamente. Agora parecia acanhado e tinha dificuldade de proferir as palavras.

STRINDBERG

— Diga o senhor mesmo, sr. diretor, quanto gostaria de dar — ele finalmente disse.

Não, isso o diretor não queria dizer.

— Se eu dissesse cinco, o senhor não acharia muito? — Carlsson deixou escapar, com o coração na mão e suando frio.

O Diretor Diethoff abriu o paletó, sacou a carteira e entregou-lhe dez notas de cem coroas.

— Aqui a senhor tem um sinal de mil, as quatro restantes eu entregar para a senhor no outono. Está certo?

Carlsson quase que entregou o jogo; mas conseguiu controlar seus impulsos e respondeu calmamente que estava tudo certo, pois na verdade ele havia pedido quinhentas coroas, e não *cinco mil*. Logo depois, os três desceram para a senhora Flod e seu filho assinarem o contrato e dar recibo da compra. Carlsson piscava e fazia sinais para os dois companheiros, para que entrassem no jogo, mas eles não entendiam nada.

Finalmente, a senhora Flod botou seus óculos e leu, após já ter assinado.

— Cinco mil! — ela gritou. — Meu Deus do céu, mas Carlsson tinha dito quinhentos.

— Não foi o que eu disse! — respondeu-lhe Carlsson. — Você ouviu errado, Anna Eva. Eu não disse cinco mil, Gusten? — ele dava tantas piscadelas que até o diretor percebeu.

— Sim, foi bem a minha impressão! — Gusten emendou como pôde. As formalidades estavam encerradas e o diretor agora lhes declarou sua intenção de começar na ilhota uma mina de feldspato. Ninguém ali tinha a menor ideia do que era feldspato, e ninguém tinha se dado conta de que estavam sobre um tesouro escondido, a não ser por Carlsson, é claro, que dizia agora ter tido alguns pensamentos nessa direção, mas que por falta de capital estes não puderam ser desenvolvidos. O diretor lhes explicou que feldspato era um mineral vermelho que era muito usado na fabricação de porcelana. Dentro de oito dias, a casa do gerente, que já estava encomendada na carpintaria, estaria erigida, e dentro de quatorze dias o galpão de madeira para os operários estaria em seu lugar e ao cabo de mais trinta o trabalho estaria em pleno andamento. E então partiu.

Essa chuva de ouro lhes veio de maneira tão inesperada, que mal tiveram tempo para pensar sobre todas as consequências. Mil coroas sobre a mesa, quatro mil no outono, por uma ilhota sem valor; quase não podiam acreditar. E por isso passaram a tarde inteira em harmonia, especulando sobre as vantagens que tirariam dessa inesperada bonança. Naturalmente, venderiam peixe e outros produtos para todos aqueles trabalhadores e o gerente, lenha também, não havia dúvida; e por certo o diretor em pessoa viria, talvez com a família, para ali passar os verões; o que lhes possibilitaria um aumento da parte do professor, e talvez Carlsson pudesse alugar sua nova casa para alguém e tudo se arranjaria da melhor maneira possível para todos. Carlsson guardou pessoalmente o dinheiro na escrivaninha, ficando ali sentado ao seu lado a metade da noite fazendo contas.

***

Durante a semana seguinte, Carlsson fez várias encomendas em Dalarö, retornando com carpinteiros e pin-

STRINDBERG

tores, ao que fazia pequenas recepções na varanda, onde
colocara uma mesa em que ficava sentado para beber conhaque e fumar cachimbo. De lá, ele supervisionava o
trabalho que agora avançava a passos largos. Logo, todos
os quartos estavam cobertos de tapetes, até a cozinha, onde
também foi instalado um fogão da marca Bolinder; as janelas foram providas de postigos verdes, que podiam ser
avistados de longe, a varanda foi pintada de branco e rosa,
além de ganhar uma cortina listrada de azul e branco na
parte ensolarada. Em volta da casa e do jardim estendia-se
uma treliça, pintada de cinza com arremates brancos. O
pessoal ficava parado por longos instantes, boquiabertos
com tanta maravilha, enquanto Gusten mantinha-se à
parte, atrás de uma esquina ou arbusto cerrado, raramente
aceitando qualquer convite da parte de Carlsson.

Era um dos sonhos de Carlsson, sonhado em noites
de vigília, poder sentar feito o professor numa varanda,
recostado com indulgência, bebericar conhaque numa taça
de pé alto, admirar a vista e fumar um cachimbo – na verdade charuto, mas este ainda lhe era demasiado forte. E
assim ele estava numa manhã, oito dias depois, quando ouviu o sopro do barco a vapor no estreito próximo da Ilhota
do Centeio. "Estão chegando", pensou, e como patrão do
lugar, quis ser gentil e ir ao seu encontro. Entrou na casa e
vestiu-se apropriadamente, mandou chamar Rundqvist e
Norman para que o acompanhassem até a Ilhota do Centeio e recepcionassem os senhores visitantes. Após meia
hora, a canoa largava do ancoradouro com Carlsson ao
leme. Os rapazes foram lembrados de remarem no mesmo
ritmo, para mostrar que ali vinha gente direita. Quando
deram a volta no último pontão e o estreito se abriu à

sua frente, delimitado pela Ilha Grande de um lado, e pela Ilhota do Centeio no outro, uma vista magnífica se ofereceu a eles. Ancorado no estreito, estava um barco a vapor, ornado de bandeiras e sinaleiros, e entre este e a terra, corriam pequenas canoas com marujos vestidos de jaquetas azuis e brancas. Sobre a praia rochosa, que reluzia dos veios vermelhos de feldspato, estava um grupo de senhores e, não longe deles, uma banda musical, cujos instrumentos de metal faziam um belo contraste com os escuros pinheiros.

Nossos remadores de Hemsö se perguntavam qual o motivo daquilo tudo, passando a canoa próximo da rocha para que pudessem ver e ouvir. Um, dois, três, bem quando atracavam ao lado do agrupamento, ouviu-se um forte sopro no ar, como se mil e duzentos edredões tivessem levantado voo ao mesmo tempo, e aí um estrondo, que parecia vir de dentro da rocha, e depois o som de algo se rachando, parecendo que a própria ilhota tinha se partido ao meio.

— Com mil diabos! — foi tudo o que Carlsson conseguiu falar, pois no instante seguinte caiu uma chuva de pedras na água ao redor da canoa, seguida de areia e granizo de pedrinhas. Ouviram uma voz do alto da rocha; falando de grandes empreendimentos e atividades econômicas, trabalho acumulado e aí algo em língua estrangeira, que o povo de Hemsö não entendeu. Rundqvist pensou se tratar de um sermão e tirou o chapéu, mas Carlsson entendeu que era o diretor a falar.

— Sim, meus senhores — concluía o diretor —, temos muita pedra diante de nós e eu termino por desejar que elas todas se transformem em pão!

STRINDBERG

— Bravo!

A banda tocou uma marcha. Os senhores desceram à praia, todos carregando pequenas pedras nas mãos, que eles manuseavam entre risos e brincadeiras.

— Ei, vocês, o que fazem aí na canoa? — gritou para o povo de Hemsö um senhor que trajava o uniforme da marinha, enquanto eles se debruçavam sobre os remos.

Eles não sabiam bem o que responder, pois não tinham achado que era perigoso ficar ali apreciando o espetáculo.

— Mas se não é o patrão em pessoa! — esclareceu o diretor Diethoff, que chegara até eles. — Trata-se de nosso anfitrião aqui — disse ele, apresentando Carlsson aos outros. — Venha tomar o desjejum conosco!

Carlsson não acreditou em seus ouvidos, mas convenceu-se logo de que o convite era para valer, e logo ele estava no convés do vapor, sentado a uma mesa que nunca vira igual. Primeiro, ele quis fazer cerimônia, mas os senhores foram tão gentis que nem deixaram Carlsson tirar seu avental de couro. Enquanto isso, Rundqvist e Norman foram servidos junto com os funcionários, na proa.

Carlsson jamais imaginara um paraíso mais bem-aventurado. Havia comida que ele nem sabia o nome e que derretia na boca feito mel, comida que ardia na garganta como se fosse aguardente, comida em todas as cores; e seis taças diante dele e de cada um dos outros comensais; e bebia-se de vinhos cujos aromas eram como de florais ou como um beijo de uma moça, vinhos que ardiam no nariz, que faziam cócegas e que faziam rir. E durante todo tempo, a música soprava tão belamente que fazia comichões na base do nariz, como quando se quer chorar, ou provocava

MUDANÇAS DE CONDIÇÃO E OPINIÃO

calafrios na fronte e sensações tão boas no corpo inteiro que se pensava que se ia morrer.

E quando tudo terminou, o diretor dirigiu-se ao anfitrião do lugar, elogiando-o por ter honrado sua palavra e não ter abandonado as modernizações pelos ganhos incertos em outras áreas, onde a carestia andava de braços dados com o luxo. E aí brindaram com ele. Carlsson não sabia quando era para rir ou ficar sério, mas ele via os senhores rindo quando aparentemente tinham dito coisas muito sérias, e aí ele ria junto.

Após o desjejum, foram oferecidos café e cigarros e todos se levantaram da mesa. Carlsson, com a nobreza de um homem feliz, foi até a proa para conferir se os rapazes tinham algo para comer, quando o diretor o convidou para o seu camarote um instante.

Quando entraram, o diretor Diethoff lhe fez a proposta de que Carlsson, para consolidar sua posição e poder se apresentar com mais autoridade junto aos trabalhadores na ilhota, se necessário fosse, adquirisse algumas ações da empresa.

"Bem, veja, eu não entendo nada dessas coisas", ponderou Carlsson, que possuía tino comercial o suficiente para saber que não se fechava negócios após uma bebedeira. Mas o diretor não o largou e, meia hora depois, Carlsson possuía quarenta ações, a cem coroas cada, da Feldspato Eagle Ltda., além da solene promessa de ser apontado como auditor adjunto — Carlsson lhe pediu para escrever o termo num papel! Quanto ao desembolso, não se falou nada; seria "pouco a pouco" e "por conta". Daí beberam todos café, conhaque, ponche e água com gás, de modo que o relógio mostrava seis horas quando Carlsson

finalmente embarcou. À saída, fizeram-lhe uma guarda
de honra, o que ele não entendeu, apertando a mão de
cada um dos marujos que estava à escada e convidando-os
a fazer uma visitinha quando por lá passassem novamente.
Com suas quarenta ações e cupons correspondentes, ele se
deixou remar para casa, sentado ao leme com um charuto
na boca e uma garrafa trançada de palha, cheia de ponche,
entre os joelhos.

Quando pôs os pés em casa, inchado de tanta bem-
-aventurança, ofereceu ponche até ao pessoal da cozinha,
mostrando as ações que pareciam enormes cédulas de
banco; queria mandar chamar ali o professor, enfrentando
as resistências dos outros com o argumento de que ele
agora era auditor adjunto e, portanto, tão grã-fino quanto
um músico alemão, que este na verdade não era um aca-
dêmico e, por isso, nem professor de verdade. Ele tinha
planos grandiloquentes; queria fundar uma importante
empresa salgadora de arenques no arquipélago, trazer ta-
noeiros da Inglaterra, fretar navios com sal diretamente da
Espanha! Na mesma toada, ele falava da atividade primá-
ria da lavoura, seus representantes e futuro, expressando
seus temores e esperanças. Eles beberam seu ponche, en-
volvidos pela fumaça do charuto e as brilhantes miragens
sobre o esplendoroso futuro de Hemsö.

Carlsson estava nos píncaros e teve acessos de verti-
gem. A lavoura foi deixada de lado e as visitas à Ilhota do
Centeio ficaram cada vez mais constantes. Travou amizade
com o gerente e ficava sentado na varanda deste tomando
conhaque e água gaseificada, enquanto viam os operários
quebrar as pedras em busca dos veios de quartzo, atividade necessária para embarcarem o conteúdo inteiro da

MUDANÇAS DE CONDIÇÃO E OPINIÃO

ilhota em vários carregamentos. O gerente era um antigo mineiro e sabia pôr-se habilmente em bons termos com o acionista e auditor adjunto, além de ter uma precisa noção de quanto tempo o negócio duraria ali. A instalação da mineradora teve suas pequenas influências sobre o bem-estar físico e moral dos moradores de Hemsö e a presença de trinta operários solteiros começara a mostrar seus efeitos. A calma já não existia mais. Explodia-se e detonava-se dias inteiros na rocha; barcos a vapor entravam com barulho no estreito; iates atracavam, expelindo massas de gente de suas entranhas. À tarde, os operários apareciam perto das casas, dando voltas no poço e o celeiro; gracejavam com as moças, improvisavam bailes, bebiam com os rapazes e, vez ou outra, aprontavam confusão. O povo passava as noites em claro e de dia não prestavam para nada, dormiam sobre os pastos e não se aguentavam de pé ao fogão. De tempos em tempos, recebiam a visita do gerente. Serviam-lhe logo um café, e como não podiam lhe oferecer aguardente, havia sempre que se ter um pouco de conhaque na casa. Ao mesmo tempo, podiam vender peixe e manteiga, e o dinheiro entrava aos montes, portanto viviam bem e a carne era mais frequente nos pratos.

Carlsson estava mais gordo e andava constantemente ressacado, porém sem perder o controle. O verão passou como uma festa ininterrupta para ele, que dividia seu tempo entre assuntos da comarca, mineração e embelezamentos da casa. O outono chegou e ele tinha estado fora fazendo inspeção de incêndio por oito dias, retornando à casa uma manhã bem cedo, quando foi recebido pela esposa com a preocupante notícia de que devia ter ocorrido

STRINDBERG

algo na Ilhota do Centeio. É que já havia quatro dias que lá se fizera silêncio; nenhum estrondo se ouvira e nem o assovio dos vapores. O povo da ilha andava ocupado com a debulha e por isso ninguém pudera ir por conta própria. Do gerente não se tivera mais notícia, e os trabalhadores tinham sumido da ilha à tarde. Portanto, devia ter acontecido qualquer coisa. Para averiguar a situação, Carlsson mandou "selar", como ele dizia toda vez que se mandava remar até a mina. A canoa agora estava pintada de branco com uma faixa azul, e, para lhe dar um ar mais patronal, quando ele se sentava ao leme, mandara confeccionar um assento estofado de pano, podendo se sentar ereto enquanto manobrava, além de ter adestrado Rundqvist e Norman para remarem em compasso, causando uma bela impressão quando vinha chegando. A viagem foi rápida, instigada pela curiosidade e a apreensão, e quando chegaram à altura da Ilhota do Centeio, eles se espantaram com o abandono que ali havia. Reinava um silêncio sepulcral e não se via vivalma. Desembarcaram e subiram por entre o cascalho até a mina. A casa do gerente não estava mais lá; todos os instrumentos e ferramentas tinham sido removidos, estando apenas o galpão no lugar, mas completamente esvaziado, os objetos removíveis tinham todos sido levados: portas, janelas, bancos, dormitórios.

— Dá a impressão de que picaram a mula! — conjecturou Rundqvist.

— É o que parece! — concluiu Carlsson e mandou "selar" novamente, mas agora para ir até Dalarö, onde ele supunha terem lhe deixado uma carta no correio. E exatamente, ali estava uma longa carta do diretor, explicando que a empresa encerrara suas atividades devido ao pe-

MUDANÇAS DE CONDIÇÃO E OPINIÃO

queno aproveitamento do recurso natural. E conquanto ao montante de quatro mil que a Carlsson lhe fazia jus, este se equivalia às quarenta ações que ele subscrevera, mas ainda não desembolsara, não havendo, portanto, nenhuma questão pendente entre a companhia, o supracitado Carlsson e sua consorte. "Portanto, um prejuízo de quatro mil", pensou Carlsson. Mas foi bom enquanto durou. E seguindo sua natureza de pássaro marítimo, apesar de ser da terra, ele se chacoalhou e estava novamente seco, e ainda mais seco ele se sentiu quando leu no *post scriptum* que todo o material deixado para trás pertencia a Hemsö, se eles o quisessem.

Não obstante, Carlsson voltou um pouco cabisbaixo dessa viagem, despojado de um monte de dinheiro e seu venerável título. Gusten quis fazer do caso um cavalo de batalha e ir à forra, mas Carlsson passou uma régua sobre toda a questão:

— Tsc tsc, como se isso valesse a pena. Não vale o incômodo.

No dia seguinte, ele estava em plena atividade com seus três homens e uma balsa, para recuperarem tábuas e telhas da Ilhota do Centeio. E antes que se dessem conta, ele tinha erguido uma cabana de verão, com quarto e cozinha, situada num local, perto do estreito, de que ninguém se dera conta e que dava vista para a vila e a enseada. O verão estava findando, junto com seus airosos sonhos. O inverno estava à porta e o ar se punha mais pesado, os sonhos se embotavam e a realidade apresentava nova feição, clara para alguns, ameaçadora para outros.

Capítulo 7

OS SONHOS DE CARLSSON SE REALIZAM;

a escrivaninha é mantida sob estrita vigilância, mas o inspetor põe um ponto final na questão

O CASAMENTO de Carlsson, mesmo recente, não era exatamente o que se chama de feliz. A mulher já contava com certa idade, embora ainda não fosse um fardo, enquanto Carlsson se encontrava às portas da idade perigosa. Com quarenta anos recém-completados, ele até o momento se ocupara mais com o ganha-pão e o progresso, tendo que deixar passar a moça que havia amado. Agora que o objetivo fora atingido e um futuro tranquilo se lhe avistava, a carne começava a cobrar a sua parte. O chamado era mais forte que de costume, pois tivera um ano tranquilo e talvez, também, por ter até então se reprimido mais do que deveria. Sentado no calor da cozinha, seus pensamentos começavam a bailar, e seus olhos se habituaram a seguir o corpo jovem de Clara, quando esta ia e vinha pela casa. O olhar aos poucos ia parando, repousando em descanso, fazia depois mais alguns rodopios, voava para lá, voltava para cá. Por fim, a menina estava lá, dentro do olho de Carlsson, onde quer que ele estivesse, ele a via. Mas havia

OS SONHOS DE CARLSSON SE REALIZAM

mais alguém que também estava vendo, não a Clara, mas os olhos que a seguiam, e quanto mais via, mais percebia, e veio como que uma inflamação sobre estes olhos, que ardiam e escorriam. Estavam há alguns dias da véspera de Natal. A escuridão viera, mas a lua se levantara e iluminava por sobre pinheiros cobertos de neve, sobre o espelho da enseada e o chão branco. Um vento impiedoso do norte varria a neve seca à sua frente. Dentro da cozinha, Clara colocava lenha dentro do forno, enquanto Lotten trabalhava a massa. Carlsson estava em seu canto, à escrivaninha, fumando seu cachimbo e ronronando feito um gato no calor; seus olhos passeavam, se aquecendo em deleite quando paravam sobre os braços alvos de Clara, que apareciam debaixo de suas mangas de linho.

— Você vai ordenhar, antes de nós varrermos? — perguntou Lotten.

— Sim, é o que eu vou fazer — respondeu-lhe Clara, vestindo um casaco de pele de ovelha, após ter colocado de lado o ancinho e a vassoura. Ela acendeu a lanterna e saiu pela porta. Atrás dela, Carlsson se levantou e a seguiu.

Após uns instantes, a senhora Flod saiu de seus aposentos e perguntou por Carlsson.

— Ele foi ao estábulo, atrás de Clara — respondeu Lotten.

Sem querer ouvir mais, a senhora Flod também pegou uma lanterna e saiu.

Lá fora, havia um vento cortante, mas ela não se incomodou em retornar e buscar um agasalho, afinal era um trajeto curto. Estava escorregadio nos arredores e a neve fazia pequenos redemoinhos, parecendo pó de farinha, mas ela logo chegou ao estábulo, entrando perto dos cochos, onde estava mais quente. Lá ela ficou parada, ouvindo que alguém cochichava perto do cercado das ovelhas. Na tênue luz do luar, que passava pelas teias de aranha e moinha de palha nas janelas, ela via as vacas virarem as cabeças em sua direção, olhando-a com seus olhos que no escuro fosforesciam verdes. O banquinho de ordenha estava lá, bem como o tarro. Mas não era isso que ela queria ver, era outra coisa, algo que ela teria dado tudo por não ver; algo que a atraía feito uma degola e que a amedrontava mortalmente.

Ela passou sobre os montes de feno, avançando pelo estábulo e chegando até as ovelhas. Estava escuro e silencioso; a lanterna estava apagada, mas sua lamparina ainda fumegava. As ovelhas se moveram, um tanto inquietas, e mastigavam o feno com barulho. Não, não era isso que ela queria ver. Ela adentrou ainda mais e chegou às galinhas, que estavam empoladas em seus poleiros e cacarejavam baixinho, como se há pouco tivessem sido despertadas. A porta estava aberta e ela saiu novamente ao luar. Dois pares de pegadas, umas maiores do que as outras, tinham deixado rastros na neve; elas projetavam sombras azuis e levavam até a porteira da campina, que estava aberta. Ela as seguiu, como se estivesse sendo arrastada por alguém, as pegadas no solo eram como uma corrente a qual ela estava presa e pela qual era puxada de um ponto desconhecido para além da porteira. E a corrente a puxava e puxava, levando-a para dentro da campina, pela mesma porteira, por debaixo dos mesmos arbustos de avelã, onde ela outrora, num momento tenebroso, tinha passado parte de uma noite de verão e festa, que ela não queria recordar. Agora, os arbustos de avelã estavam pelados e exibiam apenas seus pequenos botões de flor, parecidos com lagartas de couve, enquanto os carvalhos chacoalhavam suas folhas marrons e secas ao vento, tão finas que se podia ver as estrelas e o céu negro esverdeado através delas. E quanto mais seguia a corrente, mais ela a puxava; serpenteando por entre os pinheiros, que sacudiam sua neve sobre os cabelos dela, grisalhos e raleados, quando ela esbarrava neles, jogando também neve sobre sua malha de lã quadriculada, deixando-a cair sobre seu pescoço e costas, gelando e molhando-a.

Mais e mais, ela adentrava no bosque, onde os tetrazes voavam de seu repouso noturno, assustando-a. Em seguida, cruzou um pântano onde os torrões cediam quando pisados e as cercas rangiam quando transpostas.

Dois em dois seguiam os passos, uns menores e os outros maiores, lado a lado, às vezes uns pisavam sobre os outros, passavam uns no entorno dos outros, como se estivessem em dança. Seguiam sobre um campo seco, onde a neve tinha sido varrida pelo vento, sobre pedreiras e brejos, por amontoados de estacas e ao lado de árvores derrubadas pelo vento.

Ela não sabia há quanto tempo caminhava, mas sua cabeça estava gelada e suas mãos dormentes, ela punha suas mãos dentro da roupa e soprava-as de vez em quando. Queria retornar, mas já era tarde e agora tanto fazia voltar como seguir adiante. Um pouco mais à frente, ela chegou a um bosque de choupos, cujas folhas tremiam como se castigadas pelo vento frio do norte, e assim ela chegou a um valado. O luar esparramava-se com nitidez, e ela teve agora a certeza que eles tinham se sentado ali. Ela discerniu a impressão do vestido de Clara, do casaco de pele

STRINDBERG

de ovelha. Fora ali, então! Seus joelhos tremiam, tinha frio como se o sangue tivesse se transformado em gelo, ardia como se houvesse água fervente em suas veias. Ela se sentou sobre o valado, chorou, gritou, ficou subitamente calma, levantou-se e o transpôs. À sua frente, a enseada estava espelhada e negra, e ela avistou as luzes da casa e uma luz dentro do estábulo. O vento soprava feito uma faca e ela o sentia atravessar suas costas, agarrando seus cabelos e congelando suas narinas; quase correndo, ela alcançou a água congelada e avançou sobre a placa instável, ouvia o junco assoviando ao vento e se partindo sob seus pés, tropeçou e caiu sobre uma boia que estava presa no gelo, mas se levantou e correu novamente, como se a morte estivesse atrás dela e queimasse suas costas. Ela estava chegando à margem oposta quando seu pé atravessou o gelo, que naquele lugar cobrira a correnteza da água, feito uma janela de vidro sobre o fundo lodoso, agora tilintando e quebrando sobre seu peso. Sentiu o frio subir por suas pernas, mas não teve coragem de gritar, pois poderiam vir e perguntar por onde ela andara. Tossindo como se o seu peito fosse estourar, ela saiu arrastando-se da vala, subindo a penosamente encosta até a casa, até sua cama, onde ela se deitou e pediu a Lotten que acendesse um fogo na lareira e fervesse um bule com chá de sabugueiro; e assim ficou prostrada. Ela deixou que a despissem e que a cobrissem de cobertas e peles de ovelha, que colocassem lenha na fogueira, mas mesmo assim, sentia frio. Finalmente, ela mandou chamar Gusten, que estava na cozinha.

— Está doente, mãe? — perguntou ele com sua calma corriqueira.

— Estou nas últimas — respondeu-lhe arquejante a mãe

—, desta eu não escaparei. Feche a porta e vá até a escrivaninha. A chave está atrás do chifre com pólvora, você sabe
bem onde! — Gusten ficou pálido, mas obedeceu. — Abra
a portinhola; puxe a terceira gaveta do lado esquerdo e
pegue o grande envelope de papel. Assim... coloque-o no
fogo.

Gusten obedeceu, e logo o envelope estava incandescente, retorcendo-se e se transformando em cinzas.

— Feche a portinhola, meu filho, e tranque-a! Guarde
consigo a chave! Sente agora ao meu lado e me escute, pois
amanhã já não estarei mais falando — Gusten se sentou,
chorando um pouco, pois agora sabia que a coisa era séria.

— Quando eu cerrar os olhos, você irá pegar o sinete
de seu pai, que está com você, e selar todas as fechaduras,
até chegarem aqui os homens da lei.

— E Carlsson? — perguntou titubeante o filho.

— Ele já tem a parte dele; essa certamente ninguém
consegue lhe tirar, mas ele não terá nada além; e se você
conseguir comprá-la de volta, faça-o! Que Deus lhe proteja, Gusten; você poderia ter estado mais presente no
meu casamento, mas deve ter tido suas razões. E, veja lá,
quando eu me for, seja razoável. Nada de caixão estofado
com placa de prata; escolha um daqueles amarelos, que se
acham fácil na cidade; e não vá me chamar uma multi-
dão; já um dobre de sino, disso eu gostaria, e se o pastor
quiser me encomendar com algumas palavrinhas, ele será
bem-vindo; dê a ele o cachimbo com a boquilha de prata
que era de seu pai, e um quarto de ovelha para a mulher
dele; e depois, Gusten, crie juízo e se case; escolha uma
moça de quem você goste e não saia do lado dela, mas
encontre uma que combine com você, se ela tiver dinheiro

STRINDBERG

não faz mal, mas não vá escolher alguém abaixo do seu nível; essas vão lhe exaurir feito carrapatos; lembre-se que "crianças iguais brincam melhor". Se você quiser ler um pouco para mim, talvez eu consiga dormir.

A porta se abriu e Carlsson entrou de mansinho; ele estava silencioso, mas ainda confiante.

— Você está doente, Anna Eva? — ele perguntou secamente. — Vamos chamar o médico.

— Não é necessário — respondeu a mulher e se virou para a parede.

Carlsson adivinhou a situação e quis se reconciliar.

— Você está zangada comigo, Anna Eva? Ora, não vale a pena você se zangar por uma coisa à toa! Você quer que eu leia o livro para você?

— Não é preciso! — foi tudo que a mulher respondeu.

Carlsson, que notara que não havia mais nada a fazer e que não gostava de desperdiçar trabalho, deixou a situação como estava e sentou-se no sofá de madeira. Já que estava tudo resolvido e a mulher não queria negociar, não havia nada mais a acrescentar; quanto ao Gusten, eles certamente se entenderiam depois. Ninguém pensou em chamar um médico, as pessoas do lugar estavam acostumadas a encarar a morte, além do mais, todas as comunicações com a terra estavam cortadas. Por dois dias e duas noites, Carlsson e Gusten ficaram assim, observando o quarto e observando-se um ao outro, quando um adormecia na cadeira ou no sofá, o outro dava um cochilo com um olho aberto. Tão logo um se mexia, o outro despertava. Na manhã da véspera do Natal, a senhora Carlsson faleceu. Para Gusten, foi como se só naquele momento se cortasse o cordão umbilical, como se ele tivesse sido arrancado do ventre materno e agora fosse um homem independente. Após ter cerrado os olhos da mãe e colocado o livro de salmos debaixo de seu queixo, para que a boca não se abrisse, ele acendeu uma vela na presença de Carlsson, pegou o sinete com a cera e selou a escrivaninha. Os sentimentos reprimidos acordaram; Carlsson aproximou-se e posicionou-se de costas para a escrivaninha.

— Mas o que você está fazendo, rapaz? — foi o que pode dizer.

— Eu não sou mais um rapaz — respondeu Gusten — eu sou o senhor de Hemsö, e você é apenas o agregado.

— É o que veremos! — exclamou Carlsson.

Gusten tirou a espingarda da parede; levantou o gatilho de modo a ver a munição, dedilhou o cano e berrou pela primeira vez em sua vida:

— Para fora! Ou lhe dou um tiro!

— Você está me ameaçando?

— Sim, não há nenhuma testemunha! — respondeu Gusten, que parecia ter estado com gente da lei recentemente.

Era uma mensagem clara e Carlsson a entendeu bem.

— Espere só quando chegar a hora da partilha — ele disse e saiu para a cozinha.

Foi um Natal lúgubre. Uma defunta dentro de casa e nenhuma possibilidade de mandar avisos ou encomendar o caixão; a neve caía sem parar, as águas congeladas da enseada não eram firmes o suficiente para aguentar o peso de uma pessoa, nem permitiam que se navegasse por elas; botar uma embarcação na água era impossível, a água misturada com o gelo não permitia que se remasse,

STRINDBERG

andasse ou velejasse. Carlsson e o senhor Flod, como 191
Gusten queria ser chamado agora, fingiam que o outro
não existia, sentavam-se à mesa sem trocar uma palavra.
A casa estava uma desordem; ninguém dava as ordens e
cada um achava que o outro iria fazê-lo, deixando tudo
como estava. O dia de Natal veio cinzento, nublado e com
mais neve. Ir à igreja era tão impossível quanto a qualquer
outro lugar; por isso Carlsson leu um sermão na cozinha.
Todos sentiam a presença da defunta e nenhuma alegria
de Natal lhes era possível. A comida foi preparada com
desleixo, nada ficou pronto quando devia e todos estavam
insatisfeitos. Havia algo pesado no ar, tanto dentro quanto
fora, e como a patroa estava na sala, todos ficaram na
cozinha. Parecia um acampamento, e quando não estavam
bebendo ou comendo, dormiam sobre o sofá, sobre a cama;
tirar o baralho ou o acordeom nem lhes passou pela cabeça.

O dia após o Natal veio e se foi com o mesmo pesar,
com o mesmo fastio; mas a paciência do senhor Flod por
fim se esgotara. Ciente de que mais atraso só iria causar
um sofrimento ainda maior, pois o corpo já começara a se
transformar, ele levou Rundqvist consigo até a carpintaria,
onde juntos fizeram um caixão e o pintaram de amarelo.
Com o que acharam na casa, envolveram a defunta. E
assim veio o quinto dia. Como o tempo não dava sinais de
melhora, e parecendo que teriam de esperar ainda mais
quatorze dias, tomaram a decisão de levá-la à igreja a
qualquer preço para que fosse enterrada. Com essa fina-
lidade, colocaram a maior barca na água e os homens se
prepararam para uma viagem pelo gelo, munidos de trenós, picaretas, machados e cordas. Cedo no sexto dia, eles
partiram para a perigosíssima viagem. Às vezes, havia

OS SONHOS DE CARLSSON SE REALIZAM

um talho de correnteza no gelo, e aí aproveitavam para remar; ora chegavam a uma enseada totalmente congelada, era a vez de colocar a barca sobre os trenós para puxar e empurrá-la; o pior era a lama de água com gelo, onde os remos apenas subiam e desciam, sem que a barca avançasse mais que algumas polegadas por vez. Às vezes preferiam andar à sua frente e abrir uma vala com as picaretas e os machados, mas ai daquele que errasse e pisasse em falso, onde a correnteza da água tinha comido a crosta de gelo até se tornar uma fina membrana.

A tarde já caía e não houve tempo de comer ou beber, restando-lhes ainda a última enseada para transpor. De onde a olhavam, ela se descortinava como uma grande planície enevoada, com pequenas protuberâncias redondas aqui e ali, que eram os rochedos cobertos de neve. O céu estava azulado, enegrecido a leste, e prometia mais neve; as gralhas voavam rumo à terra buscando abrigo para a noite; às vezes ouviam estrondos no gelo, como se este estivesse começando a derreter, e ouviam ao longe o grito das focas no mar. A enseada estava aberta para o mar na parte leste, mas não se via nenhuma passagem navegável que entrasse por ela. Estranhamente, tinham a impressão de ouvir os chamados dos tetrazes na faixa de água, mas como não tinham ouvido nenhuma notícia da terra por quatorze dias, não sabiam se os faróis estavam apagados. De qualquer maneira, era o que supunham, por estarem entre o Natal e o Ano Novo.

— Isto aqui não vai adiante! — pronunciou-se Carlsson, que até então fora o mais calado.

— Sim, vamos chegar lá — disse o senhor Flod e colocou

o ombro contra o trenó –, mas vamos parar no Rochedo das Gaivotas para comer algo.

Seguiram no rumo daquele rochedo, que ficava no meio do estreito. Entretanto, este se encontrava mais longe do que pensavam e alterava sua aparência à medida que se aproximavam, ficando finalmente à distância de um cabo.

– Vala à frente! – gritou Norman, que fazia as vezes de batedor –, fiquem à esquerda!

Os trenós foram desviados à esquerda, e depois ainda mais para a esquerda, e finalmente tinham dado a volta no rochedo. Ele tinha se separado do gelo, talvez pelo último calor do sol, talvez pelas correntezas da água, e parecia inatingível por todos os lados, ao menos de trenó. A noite estava caindo, a situação começava a ficar desesperadora, quando Flod, que comandava a ação, desenvolveu uma estratégia. A barca deveria primeiro deslizar, depois ser empurrada para dentro da vala de água e neste exato momento, todos eles deveriam jogar-se dentro dela e pegar nos remos. Assim foi decidido, e assim foi feito.

– Um, dois, três! – comandou Flod. A barca tomou impulso, soltou-se dos trenós, mas deu uma guinada que acabou lançando o caixão ao mar.

No desespero que se seguiu, enquanto Norman e Rundqvist se safaram entrando na barca, Flod e Carlsson, que estavam atrás, esqueceram de pular para dentro dela e ficaram parados sobre a borda do gelo. O caixão não estava selado e se encheu de água, afundando antes que alguém conseguisse fazer outra coisa que não pensar na própria pele.

– Nós dois teremos que concluir o caminho para igreja

OS SONHOS DE CARLSSON SE REALIZAM

hoje mesmo! – ordenou Flod, que naquele dia mostrava grande determinação, mas pouco sentido prático. Carlsson veio com objeções, mas Gusten lhe perguntou se ele achava melhor passarem a noite inteira sobre o gelo, e a isso ele não tinha o que responder, vendo que não havia qualquer esperança de alcançarem o rochedo. A essa altura, Rundqvist e Norman tinham chegado à terra, gritando para os companheiros que os seguissem, mas Flod apenas lhes respondeu acenando adeus e apontando para o sul, onde estava a igreja.

Carlsson e Flod andaram um longo percurso em silêncio; Gusten com a "lança de gelo", que ele metia no gelo para provar se este os suportaria; Carlsson o seguia com a gola do casaco levantada e de ar soturno, após o súbito e trágico fim que sua esposa teve e pelo qual certamente o culpariam.

Após uma caminhada de meia-hora, Gusten parou para respirar e aproveitou para olhar ao redor dos rochedos e do litoral para se orientar.

– Diabos, não é que estávamos errados! – ele murmurou. – Aquilo não era o Rochedo das Gaivotas, o rochedo está aqui – ele disse apontando para o leste. – Lá está o abeto de Gillöga.

Numa ilha alongada, em direção à terra, ele apontava para um abeto, que tinha sido deixado solitário num alto desmatado e que com seus dois galhos remanescentes parecia um telégrafo ótico, servindo de sinal orientador tanto marítimo quanto terrestre.

– E ali está Träslkär.

Ele falava para si mesmo e sacudia a cabeça.

Carlsson ficou amedrontado, pois ali ele não estava em

casa, tendo uma confiança ilimitada nos conhecimentos de Gusten. Este, no entanto, apenas se recompôs e mudou o curso mais para o sul. Enquanto isso, a penumbra estava caindo. A neve ainda clareava alguma coisa, permitindo-lhes a orientação. Eles não falavam uma palavra, Carlsson se mantendo o mais perto que podia dos passos de seu guia. De repente, este parou como se ouvisse algo. Carlsson, destreinado, não captava nada, mas pareceu a Gusten ter ouvido um fraco rumor do leste, onde uma barreira de nuvens, mais pesadas e escuras que as do sul, tinha aparecido. Eles ficaram parados por um instante, até Carlsson perceber um ruído surdo e o rumor de pancadas, que se aproximavam.

— O que é isso? — perguntou, se encolhendo ao lado de Gusten.

— É o mar! — este lhe respondeu. — Dentro de meia--hora teremos o vento leste com a neve; se o pior acontecer, o gelo pode se mover e rachar. E aí nem o diabo saberá o que será de nós. Vamos apressar o passo!

Ele começou a correr de leve e Carlsson o seguiu; a neve soprava entre seus pés enquanto o ruído parecia lhes seguir.

— Estamos perdidos! — gritou Gusten e parou, ele apontava para uma luz que brilhava atrás de um rochedo a sudeste. O farol está aceso pois o mar está aberto!

Carlsson não entendeu o perigo, mas percebia que algo muito grave se passava, visto que agora o próprio Gusten estava amedrontado.

Agora, o vento leste os achara e eles podiam ver a uma pequena distância a parede de neve se aproximando como um escudo sombrio. Em poucos segundos, estavam cerca-

OS SONHOS DE CARLSSON SE REALIZAM

dos por uma nevasca que caía tão pesadamente que mais parecia ser preta feito carvão. Tudo escureceu ao redor deles e a luz do farol, que há pouco lhes indicava o caminho com seu brilho diáfano, agora sumira completamente.

Gusten apertou o passo e Carlsson tentava segui-lo de perto; mas era corpulento e não conseguia manter o ritmo. Esbaforido, ele pediu a Gusten para irem mais devagar, mas este não tinha vontade alguma de se sacrificar, correndo pela própria vida. Carlsson o agarrava pela aba do casaco, pedindo encarecidamente que o outro não o abandonasse, prometeu o que podia e o que não podia, jurava por tudo o que era mais sagrado, mas nada adiantava.

— Cada um por si e Deus por todos! — respondeu-lhe Gusten, pedindo a Carlsson que se mantivesse alguns passos atrás, porque o gelo poderia se partir com o peso dos dois. E era isso que ele parecia fazer, pois atrás deles, vinha cada vez mais forte um ruído de algo se partindo, e o que era pior, eles ouviam o barulho da água, agora tão nitidamente que podiam identificar as batidas das ondas contra os rochedos e o gelo, junto com as gaivotas despertadas pelo que parecia ser uma presa inesperada.

Carlsson arquejava e ofegava; a distância entre ele e Gusten aumentou e após um tempo ele se viu sozinho, correndo na escuridão. Parou para procurar as pegadas do outro, não as viu; chamou, mas sem resposta. Era a solidão, o escuro, o frio e a água que vinham com a morte. Avivado pelo pavor, ele retomou o passo acelerado e correu até ver os flocos de neve caírem para trás, mesmo indo na mesma direção que ele. Novamente, ele gritou pelo companheiro.

— Siga a direção do vento, assim você chega à terra firme no oeste! — ele ouviu uma voz fugidia gritando

STRINDBERG

dentro do escuro, e tudo voltou ao que era. Mas, a essa altura, Carlsson já não tinha mais forças para correr. Exaurido, ele reduziu a velocidade até andar, passo a passo, sem poder oferecer mais resistência, ouvindo a aproximação do mar atrás de si, retumbante, resfolegando, em soluços, como se ele houvesse saído à noite para caçar suas vítimas.

***

O pastor Nordström tinha ido se deitar às oito horas da noite, ele lera um pouco do jornal da paróquia e depois disso caiu num sono profundo. Às onze horas, ele sentiu sua mulher lhe cutucando e ouviu um chamado.

— Erik! Erik — ele ouvia dentro do sono.

— Mas o que foi, você não consegue ficar quieta? — ele grunhiu entre o sono e a vigília.

— Quieta?! Você por acaso acha que eu não sei ficar quieta? — temendo entrar numa complicada discussão, o pastor logo assegurou que ela sabia, sim, ficar quieta, acendeu um fósforo e perguntou o que se passava.

— Há alguém chamando na frente da casa! Você não está ouvindo?

O pastor aguçou os ouvidos e colocou os óculos para escutar melhor.

— Sim, por minha alma, é verdade! Quem será?

— Vá lá e veja! — respondeu-lhe a esposa e deu mais um cutucão no velho. O pastor vestiu as ceroulas e o casaco de pele, meteu os pés nos tamancos, desceu a espingarda da parede e colocou-lhe um cartucho, ajuntou a pólvora e foi ao encontro do desconhecido.

— Quem está aí? — ele gritou.

— Flod! — respondeu uma voz grave, por trás dos arbustos de lilases.

— Que diabos aconteceu para você chegar uma hora dessas! Sua mãe está com o pé na cova?

— É pior do que isso! — disse Gusten com voz triste. — Nós a perdemos!

— Vocês a perderam?

— Sim, nós a perdemos no mar.

— Mas, pelo amor de Deus, entre, não fique aí no frio!

À luz da lamparina, Gusten parecia um espectro, afinal ele ainda não tinha comido ou bebido naquele dia e tivera que correr mais rápido que o vento leste. Depois de ter contado para o pastor, num fôlego só, tudo que se passara, este foi até sua mulher e obteve, após alguns segundos de tormenta, a chave de um certo armário na cozinha, para onde ele levou seu hóspede náufrago. E logo Gusten estava sentado à grande mesa da cozinha, enquanto o pastor servia o esfomeado com aguardente, toucinho, linguiça e pão.

Enquanto isso, deliberavam o que se podia fazer pelos outros. Sair pela noite e mobilizar a vila era desperdício de esforços; acender fogos na orla era perigoso, pois poderia enganar as embarcações, isso se a luz conseguisse atravessar a nevasca.

Os rapazes na ilhota não lhes preocupavam tanto, pior devia ser o destino de Carlsson. Gusten estava certo de que o gelo sobre a enseada se rompera e que Carlsson a essa altura estava liquidado, emitindo o parecer de que Carlsson "pagara por seus atos".

— Escute, Gusten — objetou o pastor —, eu acho que você está sendo injusto com Carlsson, e não entendo o que

você quer dizer com "seus atos". Como estava a propriedade, quando ele lá começou? Ele não fez crescer a sua
fortuna? Ele não trouxe hóspedes de veraneio e construiu
uma nova casa para você? E que ele tenha se casado com a
viúva, ora, ela não o queria também? Que ele a convenceu
de fazer um testamento, o que há de mal nisso? Já se ela
aceitou fazê-lo, isso é algo pelo qual ela deveria responder.
Carlsson era um sujeito de iniciativa, ele fez tudo aquilo
que você gostaria de ter feito, mas não conseguiu! Hein?
Por acaso você não quer que eu lhe recomende junto à
viúva de Åvassan, com seus oito mil de renda? Vê, Gusten,
você não pode ser severo; há outros pontos de vista sobre
as pessoas além do seu!

— Sim, sim, pode ser, mas ele tirou a vida da minha
mãe, e isso eu nunca esquecerei.

— Ah, bobagem, isso você terá esquecido tão logo entrar na cama de sua própria mulher; e que Carlsson a tenha
matado, isso não está nada provado. Se a velha tivesse se
agasalhado, antes de sair à noite, ela não apanharia o resfriado. E ela não devia ter se espantado tanto por ter ele,
um jovem rapaz, ficado de gracejos com a moça. De qualquer modo, a coisa parece estar resolvida e nós teremos
que esperar até amanhã cedo para ver o que pode ser feito.
É domingo e o povo virá à igreja mesmo sem ser chamado.
Agora vá se deitar e fique calmo, e pense nisso que "o pão
de um é a morte do outro".

***

Na manhã seguinte, quando a congregação já se reu-
nia, o pastor Nordström veio marchando com Flod ao seu
lado. Em vez de entrar, ele se dirigiu ao grupo que parecia

já saber o que havia ocorrido. O pastor cancelou a missa e exortou a todos os homens a se juntarem com os barcos no ancoradouro da igreja o mais rápido que pudessem para salvar os necessitados. Nas fileiras de trás, ouvia-se algum resmungo de que o forasteiro não era benquisto no conselho da comarca e que não se devia ficar sem o serviço religioso.

— Conversa fiada! — respondeu-lhes o pastor. — Como se vocês estivessem ansiosos para ouvir a minha ladainha... eu os conheço bem. Hein? O que você me diz, senhor Åvassan, o senhor que é tão letrado nas escrituras, que consegue perceber quando eu chego ao fundo dos assuntos eclesiásticos?

Um riso silencioso tomou conta do grupo e as resistências caíram pela metade.

— Além do mais, teremos domingo novamente daqui há uma semana; venham e tragam suas velhas consigo, que eu prometo passar um sabão nelas que durará meio trimestre. Estamos de acordo agora e podemos tirar o jumento do poço?[1]

— Sim! Sim! — murmuraram todos, como se tivessem sido absolvidos da profanação do domingo.

E assim se dissolveram para ir às suas casas, trocar de roupa e se lançar ao mar.

A nevasca tinha cessado, o vento soprara para o norte e o tempo estava frio e claro. A maré da enseada estava alta, com a água escura e azulada em torno do branco ofuscante

---

[1]"E disse-lhes: 'Qual será de vós o que, caindo-lhe num poço, em dia de sábado, o jumento ou o boi, o não tire logo?'." Lucas 14:5, tradução de João Ferreira de Almeida.

das ilhotas, quando uma dezena de barcos deixou o ancoradouro da igreja. Os homens tinham vestido seus casacos de pele, capuzes de pele de foca, levavam machados e fateixas. Velejar não se cogitava, todos pegaram nos remos. O pastor estava com Gusten, no barco mais à frente, remado por quatro dos ilhéus mais robustos, e levavam consigo o contramestre Rapp, como espia e piqueteiro do gelo.

Estavam todos sérios, mas não demasiadamente tristes; uma vida a mais ou a menos não contava muito para o mar. As ondas estavam fortes e a água que entrava nos barcos congelava em poucos instantes, obrigando-os a quebrá-la e a jogá-la fora. Às vezes, um sinaleiro de gelo vinha boiando, arranhava os cascos, passava debaixo dos barcos e reaparecia do outro lado; às vezes levavam junco congelado, folhas, gravetos, que tinham se desprendido das margens.

O pastor levava seu binóculo e olhava para o lado de Trälskär, onde os rapazes de Hemsö estavam presos. Às vezes, ele também jogava um olhar sem esperança para o lado da enseada, onde provavelmente Carlsson estava afogado, às vezes procurando por pistas nos blocos de gelo soltos, o sinal de uma pegada, de peças de roupa ou o próprio corpo. Mas sem resultado.

Após um par de horas ele se aproximaram a remo da ilhota. Rundqvist e Norman tinham avistado a frota de salvamento já há um bom tempo e acenderam fogos na margem. E quando os barcos atracaram, eles demonstraram mais curiosidade do que emoção, pois nenhum dos dois passara real perigo de vida.

— Não enquanto se está pisando sobre chão firme! — era a opinião de Rundqvist.

OS SONHOS DE CARLSSON SE REALIZAM

Como o dia seria curto, começaram logo o resgate da embarcação e, pouco depois, o arrastão pelos restos mortais da senhora Flod.

Rundqvist sabia apontar o local exato onde ela estava, pois ele vira o fogo-fátuo subir na água. Jogaram sonda após sonda, mas sem conseguir mais do que algas emaranhadas com ostras e lama. Continuaram durante toda a manhã até a hora do almoço, mas sem resultado. Os homens já estavam com ar cansado e cabisbaixos. Alguns já estavam sobre a terra para tomarem um trago, comer pão com manteiga ou fazer café, quando Gusten finalmente declarou que não restava mais o que fazer, que ele era da opinião de que a correnteza tinha levado o caixão para o alto-mar.

Como ninguém queria ficar lá até que o corpo boiasse e, a rigor, aquilo não dizia respeito a nenhum deles, sentiu-se um certo alívio na deliberação, podendo-se assim interromper os trabalhos sem se mostrar insensível à desgraça dos outros.

E para que terminassem com alguma dignidade a missão malograda, o pastor se aproximou de Flod e lhe perguntou se ele queria que fizessem uma pequena cerimônia para a sua mãe. O pastor tinha levado consigo o livro sagrado e todos ali conheciam ao menos algum salmo de cor. Gusten aceitou agradecido a proposta e comunicou-a para a congregação.

O sol já estava no final de seu curto percurso e as ilhotas se banhavam rosadas em seus raios derradeiros, quando os homens se agruparam na margem para tomar parte no cerimonial fúnebre improvisado. O pastor entrou num dos barcos, seguido por Gusten, posicionou-se na

STRINDBERG

popa e ergueu o livro de salmos; descobriu sua cabeça e levantou um lenço na mão esquerda, sendo seguido pelos homens, que tiraram seus gorros.

— Vamos pegar o 432, "À morte seguirei",[2] vocês o sabem de cor? — perguntou-lhes o pastor.

— Sim! — foi a resposta que veio da margem.

O canto se elevou trêmulo, primeiro de frio, depois de emoção pela cerimônia inaudita e as comoventes notas do velho salmo, que já acompanhara a tantos para o eterno repouso.

As últimas notas ressoaram sobre as águas, contra as ilhas, e atravessaram o ar gélido. Seguiu-se uma pausa, onde se ouvia apenas o vento norte nos ramos dos abetos, o movimento leve da água contra as pedras, o grito das gaivotas e o raspar dos cascos contra a terra. O pastor virou seu rosto envelhecido e rugoso para a enseada e o sol brilhou sobre sua calva, na qual os tufos embranquecidos de cabelos se encrespavam ao vento feito tufos de líquen de um velho pinheiro.

— Do pó vieste e ao pó retornarás. Jesus Cristo, nosso salvador, irá te ressuscitar no dia do Juízo Final! Oremos! — disse com sua voz grave que lutava contra o vento e a água para ser ouvida.

E assim a cerimônia fúnebre foi concluída com um Pai-nosso. Após a bênção, o pastor levantou sua mão sobre as águas para um derradeiro adeus.

Vestiram os gorros. Gusten tomou a mão do pastor na sua e o agradeceu, mas parecia ter ainda algo no coração para dizer.

[2]Do livro de salmos sueco; salmo composto por Brorson e Wallin.

— Senhor pastor, não posso deixar de pensar... talvez fosse bom que também Carlsson tivesse alguma palavrinha de recomendação.

— Tudo foi dito para os dois, meu filho! Mas é um bonito gesto pensar nele, apesar de tudo — disse o pastor, que parecia mais comovido do que gostaria.

O sol já se punha e só lhes restava separar-se e tentar chegar em casa o mais rápido possível.

Os homens queriam ainda mostrar uma última deferência ao novo senhor Flod, e após as despedidas, todos entraram em seus barcos e o escoltaram por uma parte do caminho, alinhando os barcos como quando lançavam as redes; depois o saudaram com os remos e gritaram adeus.

Era uma homenagem ao luto, mas também ao jovem que ingressava agora para as fileiras dos homens e suas responsabilidades. Junto ao leme, o novo senhor de Hemsö ordenou a seus homens que remassem para casa, para dali conduzir seu próprio barco pelos estreitos de vento e as verdes enseadas da vida.

TÍTULOS PUBLICADOS

1. *Iracema*, Alencar
2. *Don Juan*, Molière
3. *Contos indianos*, Mallarmé
4. *Auto da barca do Inferno*, Gil Vicente
5. *Poemas completos de Alberto Caeiro*, Pessoa
6. *Triunfos*, Petrarca
7. *A cidade e as serras*, Eça
8. *O retrato de Dorian Gray*, Wilde
9. *A história trágica do Doutor Fausto*, Marlowe
10. *Os sofrimentos do jovem Werther*, Goethe
11. *Dos novos sistemas na arte*, Maliévitch
12. *Mensagem*, Pessoa
13. *Metamorfoses*, Ovídio
14. *Micromegas e outros contos*, Voltaire
15. *O sobrinho de Rameau*, Diderot
16. *Carta sobre a tolerância*, Locke
17. *Discursos ímpios*, Sade
18. *O príncipe*, Maquiavel
19. *Dao De Jing*, Laozi
20. *O fim do ciúme e outros contos*, Proust
21. *Pequenos poemas em prosa*, Baudelaire
22. *Fé e saber*, Hegel
23. *Joana d'Arc*, Michelet
24. *Livro dos mandamentos: 248 preceitos positivos*, Maimônides
25. *O indivíduo, a sociedade e o Estado, e outros ensaios*, Emma Goldman
26. *Eu acuso!*, Zola | *O processo do capitão Dreyfus*, Rui Barbosa
27. *Apologia de Galileu*, Campanella
28. *Sobre verdade e mentira*, Nietzsche
29. *O princípio anarquista e outros ensaios*, Kropotkin
30. *Os sovietes traídos pelos bolcheviques*, Rocker
31. *Poemas*, Byron
32. *Sonetos*, Shakespeare
33. *A vida é sonho*, Calderón
34. *Escritos revolucionários*, Malatesta
35. *Sagas*, Strindberg
36. *O mundo ou tratado da luz*, Descartes
37. *O Ateneu*, Raul Pompéia
38. *Fábula de Polifemo e Galatéia e outros poemas*, Góngora
39. *A vênus das peles*, Sacher-Masoch
40. *Escritos sobre arte*, Baudelaire
41. *Cântico dos cânticos*, [Salomão]
42. *Americanismo e fordismo*, Gramsci
43. *O princípio do Estado e outros ensaios*, Bakunin

44. *O gato preto e outros contos*, Poe
45. *História da província Santa Cruz*, Gandavo
46. *Balada dos enforcados e outros poemas*, Villon
47. *Sátiras, fábulas, aforismos e profecias*, Da Vinci
48. *O cego e outros contos*, D.H. Lawrence
49. *Rashômon e outros contos*, Akutagawa
50. *História da anarquia (vol. 1)*, Max Nettlau
51. *Imitação de Cristo*, Tomás de Kempis
52. *O casamento do Céu e do Inferno*, Blake
53. *Cartas a favor da escravidão*, Alencar
54. *Utopia Brasil*, Darcy Ribeiro
55. *Flossie, a Vênus de quinze anos*, [Swinburne]
56. *Teleny, ou o reverso da medalha*, [Wilde et al.]
57. *A filosofia na era trágica dos gregos*, Nietzsche
58. *No coração das trevas*, Conrad
59. *Viagem sentimental*, Sterne
60. *Arcana Cœlestia* e *Apocalipsis revelata*, Swedenborg
61. *Saga dos Volsungos*, Anônimo do séc. XIII
62. *Um anarquista e outros contos*, Conrad
63. *A monadologia e outros textos*, Leibniz
64. *Cultura estética e liberdade*, Schiller
65. *A pele do lobo e outras peças*, Artur Azevedo
66. *Poesia basca: das origens à Guerra Civil*
67. *Poesia catalã: das origens à Guerra Civil*
68. *Poesia espanhola: das origens à Guerra Civil*
69. *Poesia galega: das origens à Guerra Civil*
70. *O chamado de Cthulhu e outros contos*, H.P. Lovecraft
71. *O pequeno Zacarias, chamado Cinábrio*, E.T.A. Hoffmann
72. *Tratados da terra e gente do Brasil*, Fernão Cardim
73. *Entre camponeses*, Malatesta
74. *O Rabi de Bacherach*, Heine
75. *Bom Crioulo*, Adolfo Caminha
76. *Um gato indiscreto e outros contos*, Saki
77. *Viagem em volta do meu quarto*, Xavier de Maistre
78. *Hawthorne e seus musgos*, Melville
79. *A metamorfose*, Kafka
80. *Ode ao Vento Oeste e outros poemas*, Shelley
81. *Oração aos moços*, Rui Barbosa
82. *Feitiço de amor e outros contos*, Ludwig Tieck
83. *O corno de si próprio e outros contos*, Sade
84. *Investigação sobre o entendimento humano*, Hume
85. *Sobre os sonhos e outros diálogos*, Borges | Osvaldo Ferrari
86. *Sobre a filosofia e outros diálogos*, Borges | Osvaldo Ferrari
87. *Sobre a amizade e outros diálogos*, Borges | Osvaldo Ferrari
88. *A voz dos botequins e outros poemas*, Verlaine
89. *Gente de Hemsö*, Strindberg
90. *Senhorita Júlia e outras peças*, Strindberg
91. *Correspondência*, Goethe | Schiller

Edição _	Bruno Costa
Coedição _	Iuri Pereira e Jorge Sallum
Capa e projeto gráfico _	Júlio Dui e Renan Costa Lima
Imagem de capa _	Detalhe de *Dubbelbild*, de August Strindberg/Museu Strindberg
Programação em LaTeX _	Marcelo Freitas
Preparação e revisão _	Alexandre B. de Souza
Assistência editorial _	Bruno Oliveira e Lila Zanetti
Agradecimentos _	a Per Stam (Projeto Strindberg), a Erik Höök (Museu Strindberg) e a Eva Lenneman (Vin & Sprithistoriska Museet)
Colofão _	Adverte-se aos curiosos que se imprimiu esta obra em nossas oficinas em 18 de janeiro de 2010, em papel off-set 90 gramas, composta em tipologia Walbaum Monotype de corpo oito a treze e Courier de corpo sete, em GNU/Linux (Gentoo, Sabayon e Ubuntu), com os softwares livres LaTeX, DeTeX, vim, Evince, Pdftk, Aspell, svn e TRAC.